행복은여기에

정태성 수필집(3)

도서출판 코스모스

행복은 여기에

정태성 수필집 (3)

머리말

 지난 여름은 힘들고 어려운 일들이 끊이지 않고 다가왔습니다. 하지만 마음을 비우고 하루하루 그냥 열심히 살았습니다. 그러는 가운데 매일 글을 쓰면서 제 스스로를 위로하려 노력하였습니다. 글을 쓰다 보면 마음속의 복잡한 일들을 잊을 수 있었고, 버티지 못할 것 같은 일들도 극복해 낼 수 있는 힘을 주었습니다.

 제 자신을 스스로 사랑하지 않으면 안 될 것 같다는 절실함이 있었습니다. 저항하지 않고 그냥 받아들이고 내려놓음으로써 제 내면의 모습을 보려 노력하였고, 어제보다 나은 오늘, 오늘보다 나은 내일이 될수 있도록 나름 애썼습니다.

 이제는 마음만은 편합니다. 어떤 일이 일어나도 그저 담담하게 받아들이려 합니다. 글을 쓰며 한 단계씩 제가 성장함을 조금이나마 느낄 수 있었습니다.

 부족한 글이지만 그냥 책으로 묶어보았습니다. 이제는 부끄러울 것도 없고 감출 것도 없이 제가 존재했던 그 순간들의 모습을 거짓없이 드러내 봅니다. 읽는 분들에게 조금이나마 위안이 되기를 바랄 뿐입니다.

2021. 9

지은이

차례

차례

행복은 여기에

행복이란 무엇일까? 내가 생각하기로는 행복이란 정말 아무것도 아닌 것 같다. 어떤 사람은 많은 가족과 함께 사는 것을 행복하다고 말하지만, 어떤 사람은 아무도 없이 혼자 지내는 것이 행복하다고 한다. 어떤 사람은 철마다 여기저기 여행 다니면서 행복을 느끼지만, 어떤 사람은 집에 조용히 앉아 지내는 것을 행복하다고 한다.

행복의 기준은 없다. 지극히 주관적이며 지극히 개인적이다. 그런데 왜 많은 사람들은 거의 매일 행복을 찾고 행복을 얻으려 노력을 하는 것일까? 본인이 세운 행복의 기준을 위해 현재를 희생하는 것도 마다하지 않는 것일까?

나도 한때는 행복을 위해 부단히도 노력해 왔다. 하지만 지금 드는 생각은 행복은 오로지 본인의 마음 먹기에 달린 것 같다. 행복을 위해 일을 하고, 행복을 위해 돈을 벌고, 행복을 위해 공부를 할 필요가 전혀 없는 것 같다.

행복을 느낄 줄만 알면 어떠한 경우에도 바로 행복할 수 있는 게 아닌가 싶다. 그 어떤 조건이 설령 내가 감당하지 못할 정도일지라도 내 마음먹기에 따라 나의 행복에 전혀 지장을 미치지 않을 수도 있다는 생각이 든다.

행복을 찾기 보다는 행복을 느끼는 연습이 필요한 듯 싶다. 요즘 나는 그런 연습을 하고 있다. 나는 오늘 아침에 달리기를 해서 행복할 수 있었다. 시원한 아침 공기를 마시며 달리기를 할 수 있는 다리가 있어 행복했다. 오늘 20km를 달렸는데 달리는 동안 아무 사고 없이 무사히 달릴 수 있어 행복했다. 같이 달리던 사람들과 중간에 잠깐 쉬면서 커피도 마시고 간식도 먹으며 얘기를 하니 행복했다. 두 시간 정도를 달리고 나서 같이 달린 사람들과 콩나물 해장국을 먹으면서 행복했다.

아침을 먹으면서 이런저런 얘기도 하고 농담도 하며 웃으니 행복했다. 아침을 다 먹고 집으로 돌아와 가족들과 같이 교회에 갈 수 있어서 행복했다. 교회에서 많은 분들과 아는 체를 하고 인사를 했더니 행복했다. 집에 와서 어머니께서 끓여주신 국수를 먹으니 행복했다. 점심을 먹고 조용히 책상에 앉아 내가 읽고 싶은 책을 읽으니 행복했다. 책을 읽다 보니 아침에 달린 것도 있고 해서 졸음이 와서 잠깐 낮잠 30분 정도를 잤더니 행복했다.

지금 생각해 보니 난 오늘 행복했던 일이 수도 없이 많았다. 나는 정말 행복한 사람인 것 같다.

푸른 하늘만 바라봐도 행복할 수 있을 것 같다. 시냇가에 가서 시냇물 흐르는 물 소리만 들어도 행복할 것 같다. 아침에 일어나 새들이 지저귀는 소리에도 행복할 것 같다. 내일 아침 블로그의 이웃들이 올려 주는 글을 읽기만 해도 행복할 것 같다. 조금 있으며 따뜻한 봄바람과 함께 예쁜 꽃들이 피니 너무 행복할 것 같다. 날씨가 풀리면 바람 쐬러 꽃구경을 갈 수 있으니 얼마나 행복할까?

나는 이제 행복을 미루지 않기로 했다. 오늘 이 자리에서 지금 이 시간에 행복을 누릴 수 있는 것이 너무나 많기에 나는 사는 맛을 느낄 수 있다.

살다보니 예상치 못한 일, 힘든 일, 고통스러운 일이 지난 세월동안 수도 없이 많았고 앞으로도 많을 것이다. 하지만 이제 어떤 일이 내게 닥쳐와도 나는 행복할 연습을 하고 있기에 나의 행복이 그리 쉽게 사라지지는 않을 것이다.

나는 가끔 주위 분들이나 다른 사람들에게 행복하기 바란다고 이야기한다. 그 이유는 그 분들이 정말 오늘 하루라도 행복을 느끼며 살기를 진심으로 바라기 때문이다. 그동안 나는 행복하지 않았다고 생각해 왔다. 이것이 내 인생에서의 가장 큰 패착이었는지도 모른다. 하지만 이제 난 어떤 경우에도 행복할 수 있는 연습을 하고 있으니 예전과 같지는 않을 것 같다.

오늘 지금 행복해야 의미가 있다. 내일은 오지 않을지도 모른다. 내일의 행복을 위해 나는 오늘의 고통을 참지 않겠다. 그냥 오늘에 만족하며 살면 충분하다. 내가 아는 모든 분들이 정말 행복하기를 바란다.

지금 이 자리에서 행복하기를

한국 정신문화연구원에서

대학교 2학년 여름방학 때였던 것으로 기억한다. 우연히 신문에서 철학과 현실사에서 주관하는 "사랑방 철학교실"을 한국 정신문화연구원에서 1박 2일로 진행한다는 광고를 보게 되었다. 나는 전공이 물리학이었지만 평소에 철학에도 관심이 많았고 시간 나는 대로 철학 서적도 틈틈이 읽곤 했다. 방학이라 시간도 있고 궁금하기도 해서 바로 전화를 걸어 등록을 했다.

날짜가 되어 사당역으로 갔더니 철학과 현실사에서 버스 한 대를 대절하여 당시 등록한 30여 명을 태우고 정신문화연구원으로 향했다. 당시 존 롤스의 사회정의론을 번역하신 서울대 철학과 황경식 교수님께서 버스 안에서 마이크로 여러 가지를 자세하게 안내해 주었던 기억이 난다. 사랑방 철학교실에는 전국에 있는 많은 교수님들도 함께했는데 황경식 교수님은 그때만 해도 가장 어린 축에 속하는 철학자셨다.

당시 나는 철학과 현실사에서 나오는 계간지 "철학과 현실"을 정기 구독하고 있었다. 이 철학 잡지는 우리나라 철학계의 1세대라 할 수 있는 서울대 김태길 교수님이 사재를 털어 많은 사람들에게 철학을 쉽게 접할 수 있는 기회를 마련하기 위해 만든 잡지였다. 김태길 교수님은 1920년생으로 당시 정년퇴직을 하신 후 후배 철학자들과 많은 일들을 하시며 아직도 왕성하게 활동을 하고 계셨다. 연세대 김형석 교수님과 숭실대 안병욱 교수님도 모두 1920년 동년배로 세 분이 친한 친구이며 한국의 철학을 위해 세 분 모두 많은 일을 하고 계셨다.

김형석 교수님의 "사랑과 영원의 대화"라는 수필집은 엄청난 인기를 누렸고, 안병욱 교수님의 수필집이나 김태길 교수님의 책들도 많은 인기를 누리고 있었다. 나도 세 분의 책들을 도서관에서 빌려 거의 다 읽었고 그로 인해 철학에 대해 관심을 갖게 되었던 것이다.

40분 정도 지나자 버스가 정신문화연구원에 도착을 하였고, 모두 버스에서 내려 하룻밤을 지낼 숙소를 배정받은 후 각자 짐을 간단히 푼 후 강의실로 다 같이 모였다. 30년 정도 지난 일이라 잘 기억이 나지는 않지만, 김태길 교수님이 먼저 인사말을 했던 것 같다. 철학은 어렵지 않으며 생활 속에서 철학이 살아있어야 의미가 있는 것이며 1박 2일이 비록 짧은 시간일 수 있지만 좋은 동기부여가 되어 앞으로의 삶에 많은 도움이 되기를 바란다는 말씀을 하셨던 것 같다.

이어 여러 교수님들의 강의가 적게는 30분에서 길게는 1시간 정도로 이어졌다. 김충렬 교수님의 동양철학, 심재룡 교수님의 종교 철학, 이삼열 교수님의 역사 철학, 엄정식 교수님의 사회 철학 강의가 있었고 중간에 쉬는 시간에는 같이 커피나 차를 마시면서 이런저런 이야기들을 하면 서로 친해져 갔다. 그리고 강의가 끝나고 잠시 토론 시간을 가졌고 이어 저녁을 정신문화연구원에서 모두 다 함께 모여 먹었다. 짧은 시간이었지만 인원도 그리 많지 않아 금방 화기애애한 분위기가 되었고 교수님들도 모두 친절하고 얘기들을 재미있게 잘하셔서 분위기가 너무 좋았다.

저녁을 먹고 나서는 자유시간이 주어졌는데 숙소의 이곳저곳에서 자유롭게 모여 아무 얘기나 서로 주고받았다. 나는 엄정식 교수님 방에 가서 이것저것 물어보며 이야기를 했다. 당시 교수님의 "다이몬의 방황"이라는 글을 읽고 인상이 깊어 거기에 대해 이야기 하고 있었는데 갑자기 서울대 이명현 교수님이 들어오시더니 장난기 있는 얘기를 하기 시작하시는 것이었다. 김광수 교수님을 결혼시키게 될 때까지의 에피소드를 이야기하시는데 여기서 밝힐 수 없을 정도로 배꼽 빠지는 말씀을 하시는 바람에 모두가 한참이나 크게 웃었던 기억이 난다. 엄정식 교수님은 이명현 교수님에게 본인도 늦장가 갔으면서 그런 얘기 할 자격이나 있냐며 우스개 얘기를 하셨고 형이상학 논하는 자리에 형이하학 하는 사람이 있으면 안 된다고 하시면 거의 이명현 교수님을 거의 쫓아내셨다. 그런 모습을 보며 나이 든 교수님들이지만 너무 순수하고 친한 모습에 마음이 왠지 좋았다. 이명현 교수님은 나중에 교육부 장관을 하셨다. 나중에 알고 보니 그 날 오신 교수님의 대부분은 김태길 교수님의 제자들이었다.

여기저기 모여 재밌는 얘기를 하다 보니 금방 밤 12시가 넘었고 숙소에 돌아와 바로 잠을 잔 후 아침에 일어나 다 같이 식사를 한 후 다시 강의가 이어졌다. 그 날은 황경식 교수님의 윤리학, 이명현 교수님과 이한구 교수님의 강의 등이 계속되었다.

짧은 시간 안에 많은 교수님들의 강의가 있었고 그 내용이 쉽지는 않았지만 나는 그 시간에 그 자리에 있었던 것만 해도 왠지 기분이 좋고 행복했다. 당시 강의하셨던 교수님들 중에 이미 많은 분들이 세상을 떠나셨다. 김태길 교수님이 돌아가셨다는 소식을 신문에서 접하고 당시 정신문화연구원에서 잠깐이나마 얘기했던 일이 기억이 났다. 고등학교 국어 교과서의 "글을 쓴다는 것"이라는 수필은 아직도 기억이 난다. 김태길 교수님은 고등학교 선배님이셨다. 내가 만약 철학과였다면 더 깊은 인연이 닿았을지도 모른다. 좋은 분들과의 인연은 어찌 보면 인생의 행복일 것이다.

세월은 그렇게 지나간다. 좋은 분들을 다시 만나지 못하고 끝나는 경우가 너무 많다. 보고 싶어도 이제는 보지 못하고 만나고 싶어도 다시 만날 수가 없다. 친했던 친구들의 갑작스러운 부고는 나를 당황하게 만든 적이 있었다. 설마 그 친구가 그렇게 빨리 죽을 것이라 생각지도 못했다. 이제 그 친구들을 만날 수는 없는 것이다.

오랜 시간이 지났지만, 당시 정신문화연구원에서 만났던 여러 교수님들의 모습이 아직도 선하다. 1박 2일의 시간이었지만 아직도 내 기억에 남아 있는 것은 그 모습들이 다 아름다웠기 때문일 것이다. 순수한 사람들, 아름다운 시간들이 그립다. 나에게 주어진 시간들도 그렇게 채워져 가길 바랄 뿐이다.

꽃동네에서

대학 3학년 때였던 것 같다. 학기 중에는 공부하느라 다른 것들을 거의 하지 못해서 방학 때 하고 싶은 것을 주로 하곤 했다. 서울에서 자취생활을 했기 때문에 방학이 되면 집에 내려가 방학 내내 지냈다. 여름방학이었는데 당시 음성에 있는 꽃동네에 가서 며칠 봉사활동을 하고 싶었다. 전화를 걸었더니 원하는 날짜를 물어보셔서 말씀을 드렸다. 그리고 그 날 아침 6시 30분쯤 집인 청주에서 출발해서 한 시간 더 걸려 음성에 도착했다.

정문을 통해 꽃동네로 들어갔는데 그 규모가 정말 엄청나게 컸다. 노숙자들을 위한 복지 시설이라 조그마하고 허름할 줄만 알았는데 건물들도 상당히 크고 깨끗하게 지어져 있었다. 꽃동네 사무실이 정문 바로 근처에 있어 들어가 인사를 드렸다. 그 날 자원봉사자 명단을 확인하시고 간단히 꽃동네에 대한 설명을 들었다.

오웅진 신부님이 처음 어떤 할아버지가 본인이 어려운데도 불구하고 부랑자들을 움막에 모아 돌보는 것을 보고, 함께 그 부랑인들을 돌보기 시작하면서 생긴 것이 꽃동네였다. 처음에는 몇 명 되지 않는데 계속 인원이 늘어가 만평 정도의 땅을 사서 건물을 하나씩 지어가면서 수용인원을 늘려 당시 약 3,000명 정도의 어려운 사람들이 꽃동네에서 보살핌을 받고 있었다. 처음에는 부랑인들만 돌보다가 다른 어려운 사람들도 받아들이기 시작하여 가난하고 갈 데 없는 중증환자들, 정신질환자들, 알코올중독으로 힘든 사람들, 결핵 환자들 등 여러 가지의 아픔과 어려움을 가지고 있는 사람들을 다 수용하여 돌보고 있었다.

안내해 주시는 선생님이 오늘은 식사 준비하는데 도와주는 자원봉사 인원이 적으니 식당에 가서 하루종일 일하면 된다고 하시면서 같이 식당으로 안내해 주셨다. 식당에 가보니 취사장의 규모도 엄청나게 컸다. 취사장에는 열 명 남짓한 수녀님들이 계셨는데 그분들과 간단히 인사를 했다. 그중에 한 수녀님이 나한테 오셔서 온종일 같이 일을 하면 되니 자기만 따라다니라고 하셨다. 군대에서 일종의 사수 같은 역할 같은 것이었다. 그런데 그 수녀님은 말씀도 잘하시고 너무나 재미있는 분이셨다. 나는 사실 수녀님은 조용하고 재미도 없는 분들인 줄로만 알고 있었는데 전혀 그렇지가 않았다. 거기 계시는 수녀님들이 다 재미있게 활기차게 얘기도 많이 하시면서 즐겁게 일을 하시는 것 같았다.

　수녀님이 일단 식당 청소를 하라고 하셔서 물수건을 가지고 다니면서 식당에 있는 식탁들을 반질반질하게 닦아나가기 시작했다. 한참 다 닦고 나니 한 시간 이상이 걸렸다. 수녀님한테 가서 다 했다고 얘기하니 따라오라고 하셔서 가보니 부식창고였다. 점심 준비를 해야 해서 필요한 부식을 모두 취사장으로 날라야 했다. 수녀님이 문을 열고 창고로 들어갔는데 세상에 내 평생 그렇게 큰 부식창고는 정말 처음이었다. 실로 어마어마했다. 산더미처럼 쌓여 있는 것을 보고 놀라는 내 모습에 수녀님은 웃으면서 재밌어하셨다. 쌀부터 필요한 부식을 하나씩 수녀님과 같이 날랐다. 남자인 나도 무거운 쌀 포대를 수녀님도 번쩍번쩍 들어서 날랐다. 그러면서 이런저런 얘기를 했는데 너무 재밌었다. 지금 잘 기억은 안 나지만 정말 많은 얘기를 주고받았다. 수녀님은 나보다 한 10살 정도 많은 듯했는데 동안이었고 말하는 것을 보니 마음도 맑은 분이셨다. 얘기를 하는 도중에 미연이 누나가 생각이 났다. 미연이 누나는 사촌 누나인데 역시 수녀님이었다. 미연이 누나도 이런 일들을 하겠구나 하는 생각이 들었고 그래서 그런지 같이 일하는 수녀님께 잘해드리고 싶은 마음이 생겼다. 무거운 건 내가 들 테니 가벼운 것만 들라고 하면서 정말 즐거운 마음으로 부식들을 날랐다. 부식 나르는 데만 한 30~40분 정도 걸린 듯했다.

다 나르고 보니 정말 그 양이 어마무시했다. 이걸 다 한 끼에 먹는단 말인지 믿기지 않았다. 취사장에는 7~8명의 수녀님과 몇 명의 자원봉사자들이 있었다. 그분들은 요리를 담당하시는 분들이었다. 나도 요리를 도와드릴까 싶었는데 수녀님들이 부식 나르느라 힘들었을 테니 조금 쉬라고 하셨다. 나는 취사장과 식당 이곳저곳을 구경하며 잠시 쉬고 있었다. 점심 준비하는 모습은 정말 군대 저리 가라 할 정도로 기계적으로 빠른 속도로 진행되어 갔다.

수녀님이 점심시간은 12시부터 시작이지만 11시부터 와서 많은 사람들이 그냥 기다리고 있겠다고 했다. 저녁 시간도 마찬가지로 한 시간 일찍 와서 그냥 식당에서 기다린다고 했다. 다른 특별히 할 일들이 없어서 심심해서 그런다고 하셨다. 기다린다고 해서 빨리 줄 수도 없다고 했다. 그러면 다음엔 더 일찍 와서 기다리기 때문에 그냥 시간을 지켜 12시부터 배식을 해야 한다고 말씀하셨다. 나는 아무리 그래도 한 시간이나 일찍 와서 기다리고 있을까 하는 의구심이 들었는데 정말 11시가 되니 많은 사람이 식당에 와서 그냥 아무것도 안 하고 앉아서 한 시간을 그 자리에서 기다리다가 밥을 먹는 것이었다. 그때 오웅진 신부님이 예전에 하신 말씀이 생각났다. "얻어먹을 수 있는 것만 해도 축복입니다."라는 말씀이 이런 것을 보고 하는 말씀인 듯했다.

같이 일하고 있던 수녀님이 말씀을 해주셨는데 그래도 식당에 와서 밥을 먹는 것도 어찌 보면 행복한 거라고 식당에 오고 싶어도 몸이 너무 아파서 오지도 못하고 침대에 누워서 밥을 먹는 사람도 수백 명에 이른다고 하셨다. 그제야 나는 정말 오웅진 신부님의 말씀이 이해가 갔다.

수녀님이 나한테 배가 고프면 먼저 밥을 먹으라고 하셨다. 식사 시간이 끝나면 치워야 할 것도 많아 밥 먹을 시간이 없으니 얼른 먹고 좀 쉬고 있으라고 하셨다. 그래서 식판을 가지고 가서 밥하고 반찬, 국들 퍼서 같이 일하던 수녀님과 함께 밥을 먹었는데 일을 많이 해서 그런지 반찬이 두세 개밖에 없었지만 정말 맛있게 밥을 먹었다.

그리고 좀 쉬다가 식사 시간이 끝나 취사장에 가보니 치워야 할 그릇들이 산더미같이 쌓여 있었다. 수녀님들과 자원봉사자들 열 명 이상이 같이 일을 했는데도 그것 치우는 데만 한 시간 이상이 걸렸다. 다 치우고 나서 식당에 모두 같이 모여 잠깐 쉬면서 이런저런 얘기들을 했다. 만난 지 몇 시간이 되지도 않았지만, 왠지 모를 정 같은 것이 느껴졌다. 얘기하면서 세상엔 참 좋은 사람들이 많다는 것을 느꼈다. 자신의 삶보다 다른 사람을 먼저 생각하는 고운 사람들이 구석구석에 존재하고 있다는 사실을 알았다. 세상에는 보이지 않는 곳에 보이지 않은 손들이 많이 있다. 주목받지 못하는 손이지만 그러한 손들이 진정한 가치 있는 손일 것이다. 그래서 아직은 세상이 아름다운 것이다.

지금 생각해 보면 나는 이제까지 나 자신만을 위해 살아온 것 같다. 문득 꽃동네에서 봉사하던 일이 생각이 나는 것은 이제 나도 다른 사람들을 위해 조그마한 무언가라도 해야 할 때가 된 것 같다. 더 늦기 전에 이제 바로 시작을 해야 한다. 세월은 기다려 주지 않기에.

꽃처럼 아름다운 세상이란 불가능할까?

내 토끼는 어디로

어릴 적 동물을 너무 좋아했다. 학교에 갔다 오면 집에 있는 강아지인 메리를 데리고 뒷산에 올라가 한참이나 놀다 오곤 했다. 집에 오면 고양이도 데리고 놀았다. 초등학교 4학년 정도였던 것 같다. 강아지를 데리고 산에서 놀다 내려오고 있었는데 동네 어느 집에서 키우는 토끼를 한참이나 바라보다 집에 돌아왔다. 그 날 이후 그 토끼가 자꾸 내 눈에서 사라지지가 않았다. 갑자기 토끼를 키우고 싶다는 생각이 들어, 어머니께 토끼 좀 키우게 해달라고 졸랐다. 어머니께서는 토끼는 개나 고양이하고 달라 키우기가 쉽지 않다고 하시면서 반대를 하셨다. 나는 실망해서 조금 우울했다. 잘 키울 수 있을 거라 생각했는데, 어머니께서 반대를 하시면 어쩔 수 없는 것이었다. 그냥 포기하고 말았다. 그런데 자꾸 토끼가 내 마음에서 사라지지가 않는 것이었다. 밥맛도 없고, 기운도 안 생기고, 그렇게 몇 주가 지났다.

평상시와 같이 학교에서 집에 돌아왔는데, 이게 웬일인가? 대문을 열고 집에 들어왔는데 대문 옆에 사과 궤적이 있었고 그 궤짝 안에 토끼 두 마리가 있는 게 아닌가? 나는 내 눈을 도저히 믿을 수 없었다. 어떻게 토끼 두 마리가 우리 집에 있는 거지? 난 그 자리에서 어머니를 불렀고, 어머니께서 나오시면서 웃으시며 말씀하셨다.
"에휴, 너 기운 빠져서 지내는 거 보다 못해서 오늘 장에 가서 사 왔어. 잘 키워 봐. 먹는 거 잘 챙겨주고, 청소 잘하고."
나는 너무 기뻐 하늘을 날아갈 것만 같았다. 바로 토끼를 끌어 앉고 하루 종일 데리고 놀았다. 하얀 토끼였는데 암컷 한 마리와 수컷 한 마리였다. 사과 궤적이 너무 허술해 보여 집 안에 있는 나무들을 끌어모아 톱과 망치를 가지고 토끼 집을 만들기 시작했다. 그 날 다 완성을 하지 못했는데 다음 날 학교에 다녀와 보니 토끼 집이 다 만들어져 있었다. 아버지나 어머니께서 아마 마무리를 하신 것 같았다. 토끼 집이 그럴 듯한 게 너무 멋있었다. 토끼 두 마리도 그 안에서 이리저리 잘 놀고 있었다. 집 헛간에 있는 커다란 포대와 낫을 들고 메리와 함께 뒷산에 갔다. 산에 있는 아카시아 나무의 잎새와 산에 있는 풀들을 낫으로 베어 포대에 꽉꽉 채웠다. 토끼를 맛있는 것으로 먹이고 싶었다. 그렇게 토끼 먹이를 한 포대 가득 만들어서 메리와 함께 다시 집에 돌아와 그 풀들을 토끼들한테 먹였다. 두 마리 모두 하얀 토끼였는데 너무 이쁘고 밥도 맛있는지 정말 잘 먹었다. 한참이나 토끼 먹는 것을 바라보다 보니 시간 가는 줄을 몰랐다.

그 이후로 나는 학교에서 돌아오기만 하면 맨 먼저 뒷산에 가서 토끼들 먹을 것을 준비해서 토끼에게 먹여주었고, 그 일들이 너무나 즐겁고 행복했다. 토끼들은 정말 먹성이 좋아 하루에 먹는 풀의 양이 자기 몸뚱이의 몇 배에 해당하는 부피를 먹어치웠다. 그러고는 정말 하루가 다르게 토끼들은 부쩍부쩍 커 갔다. 그리고 몇 달이 지났는데 암컷인 토끼가 배가 부르기 시작하더니 새끼를 열 마리 정도를 낳았다. 갓 태어난 조그만 토끼 새끼들은 마치 내가 낳은 것 같은 생각이 들 정도로 애착이 갔다. 그렇게 나는 몇 달을 토끼들과 더불어 천국에 사는 것 같은 기분으로 하루하루를 지냈다.

그리고 어느 날 학교에서 집에 돌아와 항상 그렇듯이 토끼한테 먼저 가보았다. 학교 갔다 오는 사이 얘네들이 잘 있었는지, 새끼 토끼는 얼마나 컸는지 항상 궁금했기 때문이었다. 아, 그런데 어미 토끼 두 마리가 토끼 집에 없고 새끼들만 있는 것이었다.
'어, 얘네들이 어디 갔지, 어머니께서 토끼 집이 비좁다고 마당에 풀어

놓으셨나?'

하고 생각하면서 집안 여기저기를 다니면서 토끼들을 찾아다녔다. 아무리 찾아도 토끼들을 찾을 수 없었다.

'도대체 얘네들이 어디를 간 거지?'

한참이나 찾아도 집에 없어서 혹시 옆집에 갔다 싶었다. 당시 우리 집 바로 옆집이 외갓집이어서 외할아버지, 외할머니와 큰 외삼촌 가족이 살고 있었다. 우리 집을 나서서 외갓집 대문을 열고 들어가 토끼들을 찾으러 왔다 갔다 하니 부엌에 계시던 외할머니께서 나오셨다.

"할머니, 우리 토끼 혹시 여기 왔어요?"

하고 할머니께 여쭈어봤는데, 할머니께서 아무 말씀도 안 하시고 그냥 부엌문 앞에 서 계시기만 하시는 것이었다. 나는 우리 토끼를 찾으러 외갓집 여기저기를 다녔는데도 토끼들은 없었다. 그러다 외갓집 처마 밑을 보게 되었는데 처마 밑에 좀 이상한 무언가가 걸려 있었다.

'저게 뭐지?' 하고 이상해서 가까이 가보니, 세상에 그것은 짐승 가죽 같은 것이었다.

갑자기 직관적으로 너무 이상한 느낌이 들었고. 심장이 벌떡벌떡 거리는 게 숨이 막혀 도저히 숨을 쉴 수가 없었다. 나는 속으로 아닐 거라 생각하며 그쪽으로 가까이 가서 그것을 확인한 순간, 그만 나도 모르게 갑자기 다리가 풀리는 게 그 자리에서 땅바닥에 그냥 털썩 주저앉아 버리고 말았다. 그리고 나는 그 자리에서 땅바닥에 주저앉은 채 펑펑 울어버리고 말았다. 내 심장이 어디로 사라져 버린 것 같은 어떤 허망함이 몰려오는데 도저히 주체할 수 없을 정도로 감당이 되지 않았다. 하늘이 무너진 것 같았고, 세상이 다 사라져 버린 것 같았다. 울음이 그치지를 않았다. 내 평생에 그렇게 서러워서 운 것은 지금까지 그때만 한 때가 없을 것이다. 내가 울음을 그치지를 못하고 계속 땅바닥에 앉아 펑펑 우니 외갓집 식구는 물론, 집에 계시던 어머니까지 오셨다. 그리고 사람들이 내 주위로 와서 뭐라 뭐라 했던 것 같은데 기억도 안 난다. 지난 천국 같던 몇 달이 하루아침에 지옥으로 변한 것 같았다. 주위가 다 깜깜하고 어둡고 빛도 다 사라져 버린 것 같았다. 어머니께서 억지로 나를 일으켜 세우시고 집으로 데리고 갔다. 나는 그날 저녁밥도 하나도 먹지 못하고 이불 속에 숨어서 계속 울었다. 울다 지쳐서 잠이 들었던 것 같다. 그렇게 나의 천사들은 하루아침에 사라져 버렸다. 잘 가라는 인사도 못 한 채 나의 사랑스런 하얀 토끼들은 저 하늘나라로 가버리고 말았다. 오랜 시간이 지났지만 지금도 나는 그 토끼들이 기억이 난다. 하얗고 맑은 눈으로 나를 쳐다보던 토끼, 만지면 감촉이 너무 부드러워 손을 떼기가 싫었던 토끼, 입을 오물오물하며 내가 뜯어다 준 풀을 맛있게 먹던 토끼. 아직도 내 토끼들은 내 마음속에 살아있다.

마음대로 되지 않기에

지난 시간을 돌이켜 보면 내가 원하는 것이 이루어진 것 보다는 이루어지지 않은 것이 더 많은 것 같다. 마음으로 진정 원하였건만, 많은 노력을 기울여 더 이상 할 수 없을 정도로까지 나의 모든 것을 쏟아 부었건만, 결국엔 이루지 못한 것들이 무수히 많았다. 이로 인해 참담함을 경험해 보기도 하고, 절망 속에 몸부림 친 경우도 많았다.

그러한 실패로 인해 내가 더 발전하거나 더 성숙했을까? 자문해 본다면 꼭 그렇지도 않은 것 같다. 오히려 더 아프고, 힘들고, 실망을 했던 것 같다. 내가 그리 큰 욕심을 부렸던 것일까? 하지만 객관적으로 판단하건대 남들이 원하는 평범한 욕심정도였다.

실패의 원인은 뻔하다. 나의 능력이 부족한 것이 하나요, 내가 지혜롭지 못했던 것이 둘째다. 하지만 중요한 또 한 가지는 운명이라는 거다. 운명은 사람의 힘으로 할 수 있는 게 아니다. 운명도 본인의 노력으로 바꿀 수 있을까? 나는 그건 불가능하다고 본다. 만약 그것이 가능하다고 누군가가 말을 한다면 아직 진정한 운명을 경험해 보지 않은 사람이 하는 얘기에 불과하다고 생각된다.

삶은 마음대로 되지 않는다. 내 자신의 삶뿐만 아니라 나와 가장 가까운 가족의 삶도 마찬가지다. 체념이 어쩌면 더 큰 힘을 발휘할지도 모른다. 마음대로 되지 않는 것에 저항하고 대항하느니 나는 비겁하게도 체념의 길을 선택해 왔다. 그 길이 나에게는 쉬웠다. 나에겐 그리 큰 힘도 없었고 가진 것도 없었기 때문이다. 보다 더 많은 것을 일찍 체념했다면 더 좋은 일들이 많았을지도 모른다는 회한밖에 없다.

예전엔 내가 원하는 여러 가지가 많았다. 인생의 어느 순간이건 그 당시 원했던 것이 있었다. 하지만 이제는 내가 원하는 것들을 줄여나가야겠다는 생각을 한다. 그리 큰 것을 원하거나 목표로 삼지 않으려 한다. 이제 내가 정말 이룰 수 있을 것 같은 것만 하려 한다. 그리고 나에게 주어진 시간을 그냥 즐기며 재미나게 살아가려 한다.

마음대로 되지 않는 삶이 어쩌면 아픔이겠지만, 그건 나의 영역이 아니다. 나의 영역도 아닌 것에 욕심을 부리는 것이 바로 나의 삶에 고통을 주는 건지도 모른다. 이제는 그냥 편하게 아무 욕심 없이 오늘 해야 할 일을 하며, 그냥 물 흘러가듯 그저 그렇게 살아가려 한다.

한 번 밖에 주어지지 않는 인생인데 최대한 노력을 하고 최선을 다해 열심히 살아야 한다고 말하는 사람도 있을 것이다. 하지만 나는 그런 말에 이제 더 이상 관심이 없다. 삶의 높은 목표나 우수한 삶의 결실도 그리 흥미가 생기지 않는다. 내가 하고 싶은 것 하면서 내가 좋아하는 사람과 시간을 보내며 그냥 오늘 하루를 무사하게 보내는 것만으로도 감사할 뿐이다.

좋고 싫음을 떠나서

　살다 보면 정말 많은 사람들을 만나게 된다. 나도 내가 좋아하는 사람을 많이 만났다. 하지만 내가 좋아하는 사람과도 예상치 못한 많은 일들을 겪었다. 세월이 지나 아직도 연락이 되는 사람도 있지만 내가 좋아했음에도 불구하고 연락이 되지 않는 사람도 많다. 내가 좋아했지만 나를 그다지 좋아하지 않았던 사람과는 그리 오래 가지 않았다. 내가 아무리 좋아하고 많은 노력을 해도 인연이 아니면 몇 번 만나고 말게 된다. 내가 싫어하는 사람도 많이 만났다. 상대방도 나를 별로라고 생각하면 바로 그 자리가 끝나는 자리다. 내가 싫어하고 별로 관심이 없는데도 나를 좋아하는 사람도 있다. 그것도 그리 오래 가지 않는다.

　내가 좋아하는 만큼 상대방도 나를 좋아하는 정도가 비슷하면 오래 좋은 관계를 유지할 수 있다. 하지만 여기에 이익을 바라는 측면이 어느 정도 있다면 이것도 그리 오래 가지 않는다. 순수함이 인간관계의 기본이기 때문이다. 고등학교를 졸업하고 객지 생활을 하면서 그 동안 많은 사람들을 만나고 겪었다. 삶은 만남의 연속이다. 어떤 사람들을 만나느냐에 따라 그 사람의 인생이 바뀌기도 하고 행복하기도 하며 불행하기도 한다.

　나는 이제 사람과의 만남을 감정을 기반으로 하지 않으려 한다. 내가 좋아하는 사람이었건, 내가 싫어하는 사람이었건 언젠가는 서로에게 상처가 되고 아픔이 되었다. 이것은 예외가 없었다. 많이 좋아하는 것만큼 아픔도 있고 그 만큼 경험과 성숙이 있을 수 있다는 건 안다. 하지만 이제는 그러한 감정의 소용돌이를 벗어날 때가 된 것 같다. 내가 좋아하는 감정, 내가 싫어하는 감정 그 자체를 벗어나 살기로 했다.

　그러면 무슨 사는 재미가 있고, 인간미가 없지 않을까 하는 생각을 하지 않은 것은 아니다. 하지만 이제 그런 때는 지났다는 생각이 요즘 무척이나 많이 든다. 누구를 좋아해서 그 사람을 위해 무언가를 하고, 누구를 싫어해서 그 사람과 다툼을 벌이고 하는 것 자체가 나에겐 사치라 느껴지는 이유는 무엇일까?

　나에겐 이제 내 자신과 다른 사람이 존재하는 것 자체에 만족하며 살아야겠다는 생각이 든다. 물 흐르듯 그냥 다 스쳐 지나가는 인연이라는 생각이 든다. 내 인생에서 만나는 모든 사람과 언젠가는 헤어져야 하는 게 운명이다.

　감정 없이 사람들을 만나고 관계 맺는 것이 가능할까? 나는 이제 그러기로 했다. 그게 가능한지는 나도 모른다. 감정 없이 사람들을 만나고 대하면 삶의 재미를 느끼지 못하는 건 아닐까? 그렇다. 그건 재미없을 것이다. 하지만 나는 그런 재미없는 삶을 살기로 선택했다. 사람에 대한 나의 마음 자체를 버리기로 했다. 내가 그동안 살면서 상처를 많이 받아서일까? 물론 많은 사람들로부터 수많은 상처를 받은 것은 사실이다. 아물지 않은 상처도 많고 기억하고 싶지 않은 상처도 많다. 하지만 솔직히 말하건대 그 상처 때문만은 아니다.

　그럼 인간에게 희망이 없어서일까? 그것도 아니다. 인간은 인간만이 희망이다. 거기에 존재의미가 있을 것이다. 희망은 내가 원한다고 해서 이루어지지는 않는다. 언젠간 이루어지겠지만. 그럼 왜 나는 감정 없는 삶을 살려고 하는 것일까? 나도 모르겠다. 현재는 그 답을 알 수 없지만 그냥 그게 나로서는 최선의 선택이라는 생각이 들어서다. 이제 좋고 싫은 감정을 버리는 연습을 해야 할 때다. 사람에 대한 마음을 모두 비워버려야 할 때다. 나는 이미 그러한 연습을 시작하고 있었던 것 같다. 내 자신도 그것을 인식 하지 못한 채.

마지막 인사도 못했는데

초등학교 3학년 때였다. 그날도 학교가 파하자 뒷산에 올라가 한참 놀고 있었다. 여름이 다가오고 있는지라 산에는 수많은 곤충들이 있어 나는 정신없이 곤충들을 잡는데 빠져 있었다. 참나무 구멍엔 풍뎅이니, 찌개벌레가 수두룩했고, 수풀엔 여치, 방아깨비가 수도 없이 많았다. 그때 조그만 고양이 한 마리가 슬금슬금 내게 다가왔다. 갈색과 흰색이 섞인 그리 크지 않은 고양이였다.

너무 귀여워 손을 내밀면서 다가가니 고양이도 아무런 거리낌 없이 나에게로 왔다. 고양이를 쓰다듬어 주니 기분이 좋은지 가만히 있었다. 둘러보니 다른 고양이들은 없었다. 같이 한참 놀다가 집에 갈 시간이 되어 산에서 내려오려는데 녀석이 자꾸 나를 따라 왔다. 주인이 있다면 자기 집으로 갈 텐데 왜 자꾸 따라오는지 알 수가 없었다. 뒤를 살살 따라오던 고양이는 결국 우리 집 가까이까지 왔다. 아무래도 주인이 없는 들고양이가 아닌가 싶어 품 안에 안아서 집으로 데리고 들어왔다.

어머니께서 웬 고양이냐고 하시기에, 주인도 없고 집도 없는 것 같다고 말씀드렸다. 만약 집이 있으면 조금 있다가 돌아갈 테니 걱정마시라고 하고 계속 데리고 놀았다. 헛간에 가서 사과 궤짝을 가져다 고양이 집을 만들어 주었다. 물도 떠다 주고, 먹을 것도 가져다주었더니 배가 고팠던지 너무나 잘 먹었다. 나는 고양이를 쓰다듬으면서 "배고프니까 많이 먹고 좀 놀다가 너희 집에 가라." 이야기해 주었다. 고양이가 내 말은 알아듣지 못했겠지만, 먹을 거 먹고 조금 쉬다가 자기 집이 있으면 찾아갈 것이라고 생각했다.

숙제를 하고, 텔레비전을 보다 고양이한테 가보았다. 고양이는 사과 궤짝 안에서 조용히 누워 있다가 내가 다가가니 부스스 일어나 말똥말똥 쳐다보는 것이었다. 하루 만에 정이 들어 버린 것이다. 주인도 없고 집도 없어서 내가 계속 키웠으면 좋겠다는 생각을 했다.

한참을 쓰다듬어 주다가 잘 자라고 이야기하고 방으로 들어왔다. 아침에 눈을 뜨자마자 고양이한테 가보았다. 고양이는 거기서 계속 잠을 자고 있었다. 누워있었는데 내가 다가가는 소리에 일어나 나에게 다가와서는 내 손을 핥고 부비는 것이었다. 이때 나는 주인도 없고 집도 없는 고양이란 확신이 들었다.

그렇게 나는 고양이의 주인이 되어 버렸다. 고양이는 생선을 좋아한다는 이야기를 들어서 어머니께서 반찬으로 고등어나 꽁치를 하시면 내가 먹을 양을 고양이에게 먹였다. 어머니는 사람 먹을 것을 고양이 준다며 걱정하셨지만 나는 고양이 먹는 것이 내가 먹는 것보다 더 좋았다. 그렇게 몇 주가 지나니 고양이 몸집이 커지면서 살도 조금씩 오르기 시작했다. 학교에 갔다 오면 수돗가에 가서 수돗물을 틀어 목욕도 시켜주고 집에 있던 강아지와 함께 뒷산에 데리고 올라가 풀밭에서 뒹굴면서 실컷 놀다 들어왔다.

그 후 신기한 일이 일어났다. 당시 집에 쥐들이 많아 부모님이 쥐덫을 놓고 쥐약도 놓으셨지만 쥐들이 줄어들지 않아 고민하셨다. 그런데 어느 날 부터인가 어머니께서 쥐들이 다 사라져 버린 것 같다고 하시는 것이었다. 나는 우리 고양이 때문일 거라고 말씀드렸다. 고양이가 쥐들을 밤에 다 잡은 거라고, 쥐들이 무서워서 다 도망간 것이라고 말씀드렸다. 정말 신기하게도 쥐들이 자취를 완전히 감추어 버렸다. 밤에 자려고 누우면 천장에서 쥐들이 "찍찍" 거려 시끄러워 잠을 잘 수가 없었다. 하여 쥐들한테 "야, 조용히 해!" 하고 소리를 지르곤 했었다. 그런데 천장에 나는 소리들이 사라져 버린 것이다. 내가 데리고 온 고양이가 우리 집에 있던 쥐들을 다 잡았다는 생각이 들어 어깨가 으쓱하곤 했다.

그렇게 두 달 정도가 지난 것 같았다. 그 날도 학교에서 돌아와 바로 고양이한테 가보았다. 강아지와 고양이를 데리고 평상시처럼 뒷산에 가서 놀다 오려고 했다. 그런데 고양이를 찾을 수가 없었다. 강아지는 줄로 묶어 놓았지만, 고양이는 묶어 두지 않아도 내가 학교에 돌아올 때쯤이면 항상 고양이 집에 있었다. 집안을 이리저리 찾아도 고양이는 없었다. 도대체 어디로 간 것인지 알 수가 없었다. 한 시간 이상 집 근처를 돌아다니고, 혹시 고양이 혼자 뒷산에 갔나 싶어 올라가 찾아보았지만 찾을 수가 없었다. 마음이 허전하고 너무 허탈했다. 비록 두 달이었지만 정이 많이 들었는데, 어디로 간 것일까?

종일 아무것도 할 수 없었다. 어머니께 여쭈어봐도 모르시고, 온 집안 사람들에게 물어봐도 아는 사람이 없었다. 시간이 지나면 돌아오겠지 싶어 계속 기다렸지만, 그날 밤이 깊어지도록 고양이는 돌아오지 않았다. 애가 타고 속이 상했다. 자려고 해도 잠도 안 오고 계속 머릿속에는 고양이 생각만 났다. 다음날도 다음날도 고양이는 돌아오지 않았고, 며칠이 지나도 고양이의 모습을 볼 수가 없었다. 마지막 인사도 못하고 쓰다듬어 주지도 못했는데.

당시 고양이는 어디로 간 것일까? 왜 돌아오지 않았던 것일까? 많은 세월이 흘렀건만, 아직도 나는 그 고양이 모습이 기억난다. 이별이 어찌 그뿐이겠나. 살아가다 보면 인사도 못한채 헤어지는 경우가 너무 많다. 잘 지내라는 인사도 없이, 건강하라는 인사도 없이, 다시 만나자는 기약도 없이 말이다. 유학 시절에 버려진 고양이처럼 외로운 내게 정을 준 이들이 많았다. 미국이라는 그 커다란 나라에 나 혼자밖에 없었다. 아는 사람이 하나도 없었고 모든 것을 나 혼자 해 나가야 했다. 그러나 여러 사람들을 만났다. 모든 것이 서툰 나에게 그들은 진심으로 나를 도와주었다. 나 역시 그들과 정이 들어 행복했다. 그런데 나는 당신이 있어서 행복했다, 고마웠다, 인사도 못 하고 헤어졌다. 다시 만날 수 있으리라 기대를 해보지만 어쩌면 영영 다시 만나지 못 할지도 모른다. 가끔 그들을 떠올리면 가슴이 뭉클하다. 그렇게 우리는 많은 것을 가슴에 묻고 살아가야 하는지도 모른다.

밥값은 내가 낼께

나는 계산에 그리 밝지 못하다. 친구들이나 아는 사람과 밥을 먹으면 그냥 내가 먼저 계산을 하곤 한다. 두 명이건, 세 명이건 인원에 상관하지 않고 얼마인지 확인도 않고 그냥 계산한다. 만나는 사람도 그리 많지 않고, 같이 밥을 먹는 경우도 흔하지 않아 별로 부담되는 것은 아니다. 저번에 내가 냈어도, 이번에도 내가 그냥 아무 생각 없이 낸다. 언제 누가 냈는지 잘 기억도 안 나고, 내가 낼 차례인지 그런 것도 잘 모르겠고, 밥 먹었으면 그냥 자동으로 지갑에 손이 가서 계산을 한다.

친구들하고 어디를 여행가거나, 놀러갈 때도 교통비니, 식사비니 할 것 없이 처음부터 끝까지 그냥 내가 다 내곤 한다. 난 아무하고나 여행을 하거나 놀러가지는 않는다. 여행을 같이 갈 정도의 친구라면 그런 돈이 전혀 아깝지 않다. 재미있게 여행하고 맛있는 것 같이 즐겁게 먹는 게 중요하지 이리저리 계산하는 건 딱 질색이다.

논문을 쓸 때도 이러저러한 경우로 인해 인센티브를 받지 못한 것만 해도 엄청나게 많았다. 아마 다 합치면 고급 승용차 한 대 살 정도의 돈은 될 것이다. 이런 나를 두고 집에서는 뭐라 그런다. 하지만 그게 나인 걸 어떻게 하겠는가?

그래도 나는 친구들이나 아는 사람들에게 얼마 되지 않는 금액이지만 밥값이라도 낼 수 있다는 것은 행복이라는 생각이 든다. 예전에 미국에서 공부할 때는 정말 경제적으로 어려워 우리 가족이 먹는 것도 실컷 먹지 못했다. 외식 한 번 하려면 정말 큰 맘 먹고 해야 했다. 이제 그러지 않아도 되니 얼마나 마음이 편한지 모른다.

저번에 친구 석이와 저녁을 먹으러 갔는데, 석이가 나한테 자꾸 내가 밥값을 낸다고 뭐라 그랬다. 본인도 내고 싶은데, 왜 자꾸 내가 내냐는 거였다. 밥값 내고 한 소리 듣기는 처음이었다. 다른 친구들은 그런 적이 없었다. 그러더니 냉큼 석이가 가서 계산을 다 해버렸다. 저번에도 대구에 있는 김광석 거리에 놀러 갔다가 청주로 돌아와 석이 안식구도 같이 집에서 나와 즐거운 얘기를 하며 삼겹살을 실컷 구워 먹었다. 그러더니 이번에도 석이가 냉큼 계산을 해버리는 것이었다. 다른 사람들은 그런 경우가 거의 없었다. 석이도 어쩌면 나같이 바보라는 거다. 계산을 하지 않는, 어쩌면 의리를 더 중요하게 생각하는 그런 바보라는 거다.

논어 이인편에는 子曰, "君子喩於義, 小人喩於利."
공자가 말하기를, "군자는 의리에 밝고 소인은 이익에 밝다"라는 말이 있다.

친구와의 의리, 사람들과의 관계에서 의리란 무엇일까? 그건 아마도 사랑일 것이다. 의리는 어쩌면 그 사람을 정말 생각하고, 배려하는 것, 나의 이익보다는 그의 이익도 생각하는 것이 아닐까 싶다. 나의 아픔이 그의 아픔이고, 나의 외로움이 그의 외로움이기에 모든 것을 함께 나누고 싶어 하는 마음 그런 것이 의리가 아닐까 싶다. 그러기에 친구의 입에 맛있는 음식이 들어가는 것을 보면서 행복을 느끼고, 아낌없이 밥값을 내는 마음, 그런 것이 의리가 아닐까? 앞으로도 난 내가 좋아하는 사람과 밥을 먹으며, 아낌없이 밥값을 내려 한다.

소극적 인생도 괜찮아

 예전에 젊었을 때 선을 참 많이도 봤다. 친구나 친척들이 주위에서 많은 사람을 소개해 주었다. 하지만 나는 퇴짜맞기 일쑤였다. 여자 앞에서 말을 잘하지도 못하고, 재미있는 얘기도 못 하고, 매너도 없고, 주도적인 면도 없었다. 내가 마음에 드는 사람도 두 번 이상을 만나지 못하는 경우가 너무나 많았다.

 내가 속해 있는 공동체에서도 뒷전에 조용히 앉아 있는 경우가 대부분이었다. 앞으로 나서서 무언가를 적극적으로 하지 못했다. 초등학교 때 받은 상처가 너무나 커서 그 이후로 나의 성격은 정말 소극적으로 변해 갔다. 그 상처를 치유받지도 못한 채 여기까지 왔는지도 모른다.

 쇼펜하우어는 그의 책 〈의지와 표상으로서의 세계〉에서 "만족 또는 흔히 행복이라고 부르는 것은 본질적으로 언제나 소극적인 것에 불과하며 적극적인 것이 아니다. 모든 장애를 극복하고 목적을 이루었다 해도 거기서 얻어진 것은 어떤 고뇌로부터 또는 어떤 소망으로부터 해방됐다고 하는 것밖에 없고, 그 고뇌와 소망이 생기기 이전 상태에 있는 것과 똑같을 뿐이다. 행복이란 모두 소극적인 것에 불과하며, 본질적으로 적극적인 것이 아니다."

 지금도 그렇고 앞으로도 나는 적극적인 삶이 행태를 보이기는 힘들 것이다. 내가 나를 알기 때문이다. 그러한 용기도 능력도 안 된다. 나도 솔직히 적극적으로 많은 것을 나서서 하고 싶은 마음이 없는 것은 아니다. 하지만 그동안의 삶의 궤적이 그러한 것을 불가능하게 만들었다.

 사람들이 두려워 사람들과 많이 접하는 직업을 가지지 않으려 했다. 그

래서 택한 것이 과학이다. 과학은 자연과 접하면 된다. 자연은 나에게
해코지를 하지 않는다. 나를 배신하지도 않는다. 그냥 있는 그대로 변하
지 않은 채 항상 그 자리에 있다. 그래서 나는 과학을 공부한다. 이제까
지 30여 년 과학과 함께 했지만 나에게 아픔을 주지는 않았다. 오히려
깊이 알면 알수록, 친해지면 친해질수록 재미와 흥미가 더해 갈 뿐이다.
초등학교 때를 제외하고는 나는 감투를 써 본다거나, 어느 자리를 차지
해 본 적은 없다. 주어진다 해도 내 스스로 마다해 왔다. 그야말로 조용
히 은둔해서 사는 조용한 인생살이였다. 하지만 나는 여기에 만족한다.
이제 내가 처한 모든 곳에서 더욱 소극적인 생활을 하게 될지도 모른
다. 그게 나의 운명이라면 기꺼이 받아들일 것이다. 많은 것을 주도하고
영향력을 전혀 미칠 수 없는 생활이겠지만 그것이 나에게 맞는 것 같다.
쇼펜하우어의 말대로라면 어쩌면 행복에 더 가까운 길일지도 모른다.
소극적인 인생의 길을 걸을지라도 나만의 행복은 가질 수 있다. 다른 사
람이 알아주는 것이 꼭 성공은 아니다.

행복이란 그리 엄청난 것이 아니라는 것을 요즈음 느낀다. 게다가 굳
이 행복해지려 노력할 필요도 없을 것 같다. 행복과 불행을 이분법적으
로 생각할 필요도 없다. 행복하지 않다고 해서 불행한 것도 아니며, 불
행한 상황이나 환경에 있다고 해서 행복하지 못할 것도 없다. 어느 곳에
있든지 마음이 평안하면 된다. 나에게는 그게 행복의 전부다. 평안한 마
음만 있으며 나는 행복할 수 있다. 그러한 평안한 마음을 갖기 위해 나
름대로의 방법을 찾고 있는 요즘이다. 나는 이제 어떠한 곳에서나, 어떠
한 일이 나에게 온다 하더라도 마음의 평안을 유지하며 행복하려 한다.
소극적 인생일지라도 나에게는 그것으로 충분하다.

어머니와 장보기

초등학교 1학년에 입학했을 때 누나는 6학년, 형은 5학년이었다. 누나하고는 5살, 형하고는 4살 차이였다. 나이 차이가 많이 나서 어렸을 때 누나나 형하고 같이 놀아 본 적이 별로 없었다. 혼자서 놀다가 어머니께서 장에 가시면 항상 졸졸 따라다녔다. 집 근처에 있는 중앙시장도 가고, 청주에서 제일 큰 육거리 시장도 어머니 손을 잡고 따라다녔다. 집에 혼자 있는 것도 무섭고, 같이 놀 사람도 없어서 어머니하고 장을 같이 많이 보러 다녔다.

시장에 가면 구경거리가 너무나 많았다. 강아지 파는 사람도 있고, 토끼나 닭을 파는 사람도 있고, 생선이나 야채 할 것 없이 모든 것이 재미있고 신기해서 시간 가는 줄 모르고 어머니를 따라 다녔다. 당시 우리 집에는 할머니까지 포함해서, 아버지 일을 도와주는 형들까지 8명이 살고 있어서 어머니는 매일 같이 장을 보러 다니셨다. 물건을 다 사고 나면 어머니 혼자 들고 오기 힘들어서 내가 같이 들고 집에 돌아오곤 했다. 살아있는 닭을 사 오면, 어머니가 집에서 직접 잡아 털도 다 뽑고 저녁에 온 가족이 먹을 수 있게 푹 삶으셨다. 매일 같이 8명이 먹을 삼시 세끼를 하시느라 어머니는 하루 종일 앉아 있을 새도 없으셨다.

나는 중학교에 가면서 공부에 빠져 버렸다. 책 보는 게 너무 재미있어서 학교가 끝나면 집 근처에 있는 학생회관에 가서 밤 10시까지 책을 보거나 공부를 하고 집에 왔다. 그래서 중학교 때부터는 어머니와 장을 보러 가는 것이 드물어졌다. 고등학교에 가서는 야간 자율 학습이라고 해서 3년 내내 10시까지 학교에서 공부하고 집에 오면 11시였다. 아침 6시에 일어나 7시까지 학교를 가야 했다. 주말에도 학교에 가서 공부를 했다. 고등학교 때 어머니와 장을 보러 간 적은 한 번도 없었던 것 같다.

그렇게 세월이 흘렀다. 35년에 가까운 시간이 지났다. 오늘 어머니와 함께 장을 보러 갔다. 시장 대신 집 근처에 있는 대형 마트로 갔다. 아버지 좋아하시는 참외도 사고, 어머니 좋아하시는 청포도도 샀다. 깨끗하게 손질해서 비닐로 덮어씌운 생선도 샀다. 간식으로 인절미도 사고, 닭을 삶을 냄비가 너무 오래돼서 새로운 인덕션용 냄비도 샀다.

장을 보면서 많은 생각이 들었다. 앞으로 어머니와 장을 볼 수 있는 시간은 얼마나 남았을까? 어머니와 함께 장을 몇 번을 같이 더 볼 수 있을까? 그래도 지금은 걸어 다니실 수 있으니 같이 장을 볼 수 있지만, 더 시간이 지나면 그럴 기회가 없을지도 모른다. 어릴 때 매일 같이 어머니와 장을 보았듯이, 정말 앞으로 많은 시간을 어머니와 함께 장을 볼 수 있으면 좋겠다. 아버지 드시고 싶은 것, 어머니 드시고 싶은 것 원 없이 사드리고 그것들 다 실컷 잡수시는 그러한 시간이 정말 많이 남아 있으면 좋을 것 같다.

그래도 하늘은 나에게 축복을 내려 주셨다. 두 분이 아직 내 옆에 계시니. 나에게는 어찌 보면 돈으로 살 수 없는 엄청난 축복이며 은혜다. 이번 주말엔 어머니와 함께 육거리 시장으로 장을 보러 갈까 싶다. 예전처럼 시장에서 호떡도 사 먹고, 오뎅도 어머니와 함께 사 먹을 생각이다. 예전엔 내가 먹고 싶은 것을 어머니께서 사주셨지만, 이제 내가 부모님 좋아하시는 것을 사드려야 할 때다. 하늘이 주신 축복이 너무 감사할 따름이다.

삶의 기쁨

나이가 들면서 장례식장에 더 자주 가게 된다. 장례식장에 가면 대부분의 사람들이 슬픔 속에 있다. 눈물을 흘리고, 고개를 숙이고, 말을 하는 것도 삼가한 채 조문객을 받는다. 죽음이란 헤어짐이며 헤어짐이란 커다란 슬픔이다. 만나면 헤어지기 마련이며, 삶에서 헤어짐을 어쩔 수 없는 것이다. 언젠가는 헤어져야 한다. 단지 시간의 함수일 뿐이다. 유가족은 죽음이란 커다란 슬픔을 지닌 채 많은 시간을 보내게 된다.

젊었을 땐 아이들 백일이나 돌 잔치에 많이 갔다. 그 곳에선 모든 사람들이 함박 웃음을 띤 채 기뻐하고 축하해 준다. 태어난 지 얼마 되지 않은 아이는 주위의 모든 사람들에게 기쁨과 행복을 준다. 기쁨이란 살아 있음이다. 살아있음을 느끼는 것만큼 즐겁고 만족스러운 것은 없다.

달라이 라마와 데스몬드 투투 주교가 나눈 대화를 기록한 책인 〈Joy, 기쁨의 발견〉이라는 책에는 이런 말이 있다. "더 많은 기쁨을 발견한다면, 우리는 고통을 마주할 때 원통함보다는 조금 더 고상한 자세를 취할 수 있을 것입니다. 어려움 앞에서 경직되지 않고, 슬픔 앞에서 부서지지 않겠지요."

살다보면 어려움과 힘든 과정은 있기 마련이다. 그로 인해 우리는 좌절하고 절망한다. 죽음에 이르는 병이 절망이라고 키에르케고르는 말했다. 절망은 삶의 기쁨을 가장 방해하는 요소다. 그 절망을 이길 수 있는 방법 중 하나가 절망을 능가하는 더 큰 기쁨이 우리의 삶에서 가능하다는 것이다. 아픔이나 불행이 없는 인생은 없다. 누구에게나 다 주어진다. 하지만 삶에는 이를 극복해 낼 수 있는 기쁨의 기회도 마련되어 있다.

달라이 라마는 다음과 같이 말한다.

"태어나는 순간부터 우리는 단순하게 기쁨과 만족을 추구합니다. 하지만 이러한 감정들은 매우 순식간에 스쳐 지나가 찾기가 어렵습니다. 손 위에 앉았다가 금새 날아가는 나비처럼 말입니다. 행복의 궁극적인 원천은 우리 안에 있습니다."

감정은 항상 변한다. 느낌도 항상 변한다. 우리의 내면이 어떠하냐에 따라 감정의 노예로부터 해방될 수 있다. 감정은 조건에 의해 변하지만 그러한 조건에 그리 크게 영향을 받지 않는다면 우리는 우리 내면으로부터 자유로와질 수 있을 것이다. 어쩌면 삶의 기쁨도 우리가 스스로 만들어 낼 수 있을지도 모른다. 아니 최소한 삶의 기쁨을 조그만 것에서 느낄 수 있는 것은 가능하다. 나의 내면은 내 것이기 때문이다.

진 웹스터가 쓴 〈키다리 아저씨〉라는 책에는 이런 구절이 있다. "제 드레스에 대해 아직 말씀드리지 않았지요? 모두 여섯벌인데 전부 다 아름다운 옷이랍니다. 누구에게 물려받은 옷이 아니라 저만을 위해서 산 것이지요. 이 사실이 고아에게 얼마나 신나는 일인지 아마 아저씨는 상상도 못 하실 거예요. 이 옷들은 모두 아저씨께서 주신 거예요. 정말, 정말, 너무나 고맙습니다. 교육을 받는다는 것은 참 즐거운 일이지만 여섯벌의 새 드레스를 가졌다는 이 눈부신 기쁨과는 비교할 수 없답니다."

고아원에서 자라고 있는 주인공의 드레스는 그리 비싼 것은 아니었을 것이다. 하지만 소녀는 옷 하나만 가지고는 삶의 눈부신 기쁨을 누릴 줄 알았다.

"아! 저는 이 독서 시간이 무척 소중해요. 밤이 오기를 기다렸다가, 밤이 되면 방문 앞에 '공부중'이라는 팻말을 걸어 놓고, 빨간 목욕 가운을 입고 털이 푹신푹신한 슬리퍼를 신지요. 그리고 긴 의자에 쿠션을 있는 대로 겹쳐 놓은 다음, 램프를 켜 놓고 책을 읽는 거예요."

그녀는 자신만의 기쁨을 누리는 방법을 알았다. 어린 나이에도 불구하고 자신을 위해 무엇을 해야 하는지 너무나 잘 알고 있었다. 다른 사람에 의해 자신의 삶의 기쁨을 방해받는 것을 싫어했다. 그리 어렵지 않은 것으로 진정한 자신의 영역을 찾아 나갔다. 삶의 기쁨은 자신을 위해 몰입할 수 있는 무언가가 있다는 것이다. 소녀는 오직 자신을 위해 시간과 에너지를 쏟아 부을 수 있는 그러한 것에 기쁨을 누릴 줄 알았다.

"아저씨, 저는 진짜 행복이 무엇인지 알게 되었어요. 그건 현실에 만족하는 것이에요. 지난날을 후회하거나 장래를 걱정하지 않고, 현재의 삶 속에서 가능한 많은 기쁨을 찾아내는 것이지요. 저는 만약 대작가가 되지 못한다 해도, 인생의 길가에 앉아서 작은 행복을 높이 쌓아 올리겠다고 결심했어요."

누구나 지나온 과거엔 후회가 남지만 거기로부터 자유롭기는 쉽지 않다. 아직 다가오지도 않은 미래가 우리의 삶을 어떻게 하지 않는데도 불구하고, 우리는 미리 오지도 않은 그것을 걱정하느라 오늘을 잃어버리고 산다. 내일이 올지 안 올지도 모르면서 삶의 기쁨의 원천인 소중한 현재를 놓치고 있는지도 모른다. 작은 행복이 모여 삶의 커다란 기쁨이 될 수 있다. 작은 행복은 우리 주위에 너무나 많다. 아침에 커피를 마시는 것도 행복이며, 작은 화초를 키우는 것도 행복이다. 집 주위를 산책하며 자연을 느끼는 것도 삶의 기쁨을 준다.

헤르만 헤세의 책 〈삶을 견디는 기쁨〉에는 "행복을 헤매는 동안 그대는 행복해질 준비가 되어 있지 않다. 모든 것이 당신이 가장 소중하게 생각하는 것이 될 수 있다. 이미 잃어버린 것을 안타까워하는 동안 당신은 목표를 갖고 쉼 없이 달리지만 무엇이 평화인지 모른다. 모든 소원을 접어 두고 어떤 목표나 열망을 알지 못하고 행복에 대해 더 이상 말하지 않으면 일어났던 수 많은 일들이 당신의 마음을 괴롭히지 않고, 당신의 영혼은 쉴 수 있게 되리라."

행복은 추구하거나 찾는 게 아닌 것 같다. 지금 주어진 것을 감사하면 된다. 그것으로 충분하다. 지나간 것은 어쩔 수 없다. 이제부터라도 삶의 순간순간을 기쁨으로 채워나가면 된다. 아직 시간이 충분하지 않은가. 원하지 않는 일이 닥친다 하더라도 죽음에 이르게 되지 않는 이상, 살아있음만으로도 기쁨의 기회가 다시 주어질 것은 너무나 당연하지 않을까? 앞으로 어떤 일이 나에게 다가와도 내가 그런 일에 연연하지 않는다면 그것은 사실 아무 일도 아닌 것이다.

어쩌면 성경과 더불어 가장 많이 인류가 사랑해 온 책인 논어에서 맨 처음 나오는 말 또한 기쁨과 관련되어 있다.

子曰, "學而時習之, 不亦說乎? 有朋自遠方來, 不亦樂乎? 人不知而不慍, 不亦君子乎?"

공자께서 말씀하셨다. "배우고 때때로 그것을 익히면 또한 기쁘지 않은가? 벗이 먼 곳에서 찾아오면 또한 즐겁지 않은가? 남이 알아주지 않아도 성내지 않는다면 또한 군자답지 않은가?"

공자는 배움의 기쁨을 알았다. 배운다는 것은 내가 살아있음을 느낄 수 있는 가장 좋은 길이다. 내가 더 나은 나로 성장할 수 있기 때문이다. 더 나은 나는 더 많이 살아있음을 느낄 수 있다.

삶의 기쁨은 살아있음이다. 내가 살아있음은 나의 존재의 증명이다. 내가 할 수 있는 것이 있고, 내가 좋아하는 것이 있으며, 내가 몰입할 수 있는 것이 있는 것만으로도 삶의 기쁨을 충분히 느낄 수 있을 것이다. 삶의 기쁨은 멀리 있지 않다. 오늘 지금 여기 이곳에 있다. 키다리 아저씨의 주인공처럼 오늘도 삶의 기쁨을 누릴 수 있는 기회가 너무나 많다.

표상을 넘어

 눈에 보이는 것만이 다는 아니다. 쇼펜하우어의 〈의지와 표상으로서 세계〉에는 "세계는 나의 표상이다"라는 말이 있다. 그는 이로써 인간의 철학적 사유가 가능하다고 말했다. 하지만 놓치지 말아야 할 것은 표상만이 전부가 아니라는 사실이다. 우리의 인식 그 너머에는 진정한 본질의 세계가 있다. 물론 표상도 의미가 있다. 표상이 없다면 우리는 세계를 인식하는 데 있어 엄청난 어려움이 있을 것이다.

 하지만 우리들은 어쩌면 겉으로만 보이는 것, 자기 눈에만 보이는 것으로 모든 것을 판단한다. 진작 더 중요한 것을 보려 하지 않고 자신의 눈에 보이는 것이 전부라는 생각을 하는 경우가 대부분이다. 항상 열린 가능성을 염두에 두어야 함에도 불구하고 그냥 있는 그대로 보이는 대로 보고 생각하고 판단하게 된다.

 어떤 사실을 객관적으로 살피지 않고 이미 본인이 내린 답안지를 기준으로 생각하고 판단하는 경우가 너무나 많다. 그 기준이 되었던 답안이 틀린 답안일수도 있는데 말이다.

 파란색의 안경을 끼고 세상을 본다면 표상으로서의 세상은 파란 세상이다. 빨간색의 안경이라면 온통 빨간 세계일 수밖에 없다. 도수가 맞지 않은 안경이라면 세상이 온통 흐릴 것이다. 내가 끼고 있는 안경은 어떤 안경일까?

 왜 저 사람은 저럴까? 왜 이 사람은 이럴까? 하는 생각 자체가 그가 어떤 안경을 끼고 있기 때문이다. 그 안경은 세상을 본질적으로 보고 이해하는 데 방해가 될 뿐이다.

가느다란 1차원적 철사가 있고 그 철사 위에 개미가 있다고 가정하자. 그 철사 위를 1차원적으로 왔다 갔다 하는 개미에게는 세상은 1차원일 뿐이다. 2차원 평면 공간에 있는 어떤 생물이 있다고 가정하자. 그렇다면 그 생명체는 세상 자체가 2차원이 전부일 뿐이다. 3차원 공간에 있는 생명체에는 그의 세계는 3차원이며, 4차원 시공간에 있는 생명체의 세계는 시간과 공간을 아우르는 4차원이 그의 세계이다.

우리 인간은 4차원 시공간에 존재하여 4차원을 이해하고는 있지만 어쩌면 우주나 자연은 4차원 시공간이 아닐지도 모른다. 5차원이 될 수도 10차원이 될 수도 있다. 아니 차원 자체가 숨겨져 있을지도 모른다.

우리가 현재 알고 있는 것이 전부가 아니다. 내가 보고 있는 것이 전부가 아니다. 내가 모르는 세계가 더 크고 더 넓으며 더 많은 것이 있는지도 모른다.

차원의 여행을 떠난다면 우리는 어느 차원으로 가야 하는가? 그 결정을 어떤 기준으로 해야 하는가?

겉으로 보이는 표상은 같은 차원에서 같은 차원으로 가는 여행임에도 불구하고 그것이 전부라 착각하는 것이다. 표상은 넘어야 할 어떤 것일 뿐이다.

〈금강경(金剛經)〉에는 다음과 같은 말이 있다.

佛告須菩提
凡所有相
皆是虛妄
若見諸相非相
卽見如來

부처가 수보리에게 이르기를
대개 유상은 모두 허망한 것이니,
만일 모든 상相이 상 아닌 것을 알면
곧 여래如來를 보느니라

　모든 것은 돌고 돌아 허망한 것이니, 현상과 본질을 함께 볼 수 있어야 한다고 석가모니는 말한다. 즉 단지 드러난 현상만을 보아서는 안 되고 그 너머까지도 보아야 한다는 뜻이다. 그는 우리가 못 보는 것을 보려 노력했다. 그것이 본질이며 그것이 여래다. 진정한 참모습이다.
　진정한 참모습을 보려고 하는 노력조차 없다면 어쩌면 우리는 거짓과 허상에 사로잡힌 세상에서 헛된 것을 위해 살고 있는 것일지도 모른다.
　내가 가지고 있는 나의 세계로서의 표상이 나의 한계가 되어서는 안된다. 그것이 나의 전부가 되어서도 안 될 것이다. 유한한 존재로서의 나지만 더 나은 나의 모습으로 되어가는 과정이 나의 진정한 세계의 창조가 아닐까 싶다. 최종적인 모습은 문제가 안된다. 그것은 인간이기 때문에 어쩔 수 없다. 하지만 더 나은 나의 모습으로의 과정은 아직 내가 탐험하지도 않았고, 경험한 적도 없는 세계이다. 그 세계에 무엇이 있는지는 모른다. 하지만 확실한 것은 지금 나의 세계로서의 표상을 넘어야 그것이 가능할 뿐이다. 나는 그 여행을 떠나고자 한다. 그 여행은 지금처럼 따스한 봄날 예쁜 꽃을 볼 수 있는 아름다운 여행일 것이 너무나 분명하다.

내가 있는 자리

내가 지금 있는 자리는 어떤 자리일까? 나는 지금 이 자리에서 무엇을 해야 할까? 내가 하고 있는 현재의 일은 잘 하고 있는 것일까? 나는 내가 있는 이 자리를 얼마나 사랑하고 있는 것일까? 이 자리에서 나는 얼마나 오랫동안 있어야 하는 것일까? 언제 이 자리에서 나는 떠나야 될까?

나는 많은 곳에서 살아 봤다. 청주에서 태어나 서울에서 대학을 다니고 미국으로 가서 로스앤젤레스, 뉴욕, 시카고, 샌프란시스코, 인디애나, 그리고 유럽으로 가서 스위스 제네바, 다시 한국으로 돌아왔다. 아마 이사만 해도 최소 20번은 족히 넘을 것이다. 내가 맨 마지막 살게 될 곳은 어디일까?

이사는 많이 했지만, 내가 하는 일은 그리 변하지 않았다. 초등학교때부터 이제까지 줄곳 학교라는 울타리에서 지내고 있다. 그러니 어찌 보면 나의 자리는 학교이다. 지금 일하고 있는 곳, 내 사무실은 14년째 항상 똑같은 자리이다. 이 자리만큼 오래 계속 앉아 있었던 곳은 없다. 앞으로 10여년 이상 이 자리에 계속 있어야 할지 모른다. 어쩌면 내 평생 가장 오래 변하지 않는 자리일 것 같다. 가면 갈수록 이 자리에 애착이 간다. 내가 있어야 할 곳, 내가 사랑하는 곳, 나의 많은 것이 있는 곳, 지금 바로 이 자리이다.

나는 이 자리를 떠나고 싶지 않다. 물론 큰 일이 없다면 은퇴할 때까지 보장된 자리이긴 하지만 그런 외형적인 뜻은 아니다. 지금 내가 하고 있는 것을 이 자리 떠날 때까지 그냥 유지하고 싶다. 더 나은 자리도 필요

없고 더 좋은 자리도 필요없다. 나를 불러 주고 내가 일할 수 있고, 나에게 먹고 살 수 있도록 해 준 이 자리는 어쩌면 나의 운명인지 모른다. 더 바라는 것도 없다. 돈도 더 받고 싶지도 않고, 중요한 결정을 하고 싶은 자리를 원하지도 않는다. 그냥 지금 현재로도 나에겐 너무나 충분한 자리이다.

이 자리에서 할 수 있는 일만 하기를 소원한다. 더 이상 욕심낼 것도 없고 그런 능력도 없다. 하지만 바라는 것이 하나 있다면 내가 10여 년 후 이 자리를 떠나고 나서 내가 있었던 이 자리에 대한 좋은 이야기만 있었으면 한다. 나의 빈자리가 커 보이지는 않을 지라도 혹시나 좋지 않은 이야기가 나온다면 나는 너무나도 마음이 안좋을 것 같다.

언젠가 나는 이 자리를 떠날 수 밖에 없을 것이다. 그때까지 내가 하고 싶은 일, 내가 해야 할 일을 후회없이 하고 떠날 수 있으면 좋겠다. 또한 깨끗했던 자리로, 따뜻했던 자리로 남겨 두고 떠나고 싶다.

이 자리가 마지막이면 좋겠지만, 정말 마지막인 자리 하나가 남아 있을 것이다. 그 자리는 어떤 자리일까? 지금 있는 자리만큼 나에게 많은 의미를 주는 자리였으면 한다. 내가 편하게 쉴 수 있고, 내가 하고 싶은 것을 하며, 나의 마음이 닿을 수 있는 그런 자리이길 바란다. 어쩌면 내가 지금부터라도 그 자리를 준비해야 하는 건지도 모른다. 그 자리에서는 많은 사람과 교류하고 싶지는 않다. 돈하고도 상관없는 자리였으면 한다. 다툼이나 불화가 있는 것도 싫다. 지금보다 따뜻하고 평화롭고 아무 생각없이 지낼 수 있는 자리였으면 한다. 사람 많은 도시를 떠나 자연과 쉽게 접할 수 있는 곳으로 가고 싶다. 어릴 적 좋아했던 강아지도 키울 수 있고, 세상 소식을 몰라도 되고, 내가 심은 것을 내가 거둬 먹을 수 있고, 좋은 사람들과 오래 함께 할 수 있는 욕심없는 그런 곳이면 좋을 것 같다. 평안한 마음으로 하루 종일 책만 봐도 문제 없는 그 곳, 아마도 그 곳이 나의 마지막 자리일 것이다.

어머니의 안색

왠지 느낌이 이상했다. 지난 1년간 아버지께서 너무 편찮으신 관계로 아버지 보살펴 드리느라 어머니께서도 많이 힘이 드시긴 했지만 그런 피로에서 오는 안색이 아니었다. 마침 어머니 건강 검진 결과가 나와 자세히 살폈다. 정상적인 수치 아닌 것이 너무 많아 어머니께 어디 특별히 불편한 곳이 없는지 여쭈어 보니, 건강검진 하면서 다른 것도 받은 게 있다고 하시면서 다른 종이 한 장을 주시길래 살펴 보았다. 대장 쪽에 이상 소견이 있으니 좀 더 자세한 검사를 받아 보라는 내용이었다.

바로 충북대학교 병원으로 전화를 했다. 소화기내과 예약을 하려 하니 예약환자가 너무 많아 자리가 없다고 하길래 많이 기다려도 좋으니 마지막 시간으로 간곡하게 부탁을 해서 간신히 예약을 했다.

대신 어머니가 충북대병원에 기록이 없어 3차 진료기관 의뢰서를 가져와야 한다고 했다. 건강검진센터에 전화를 해서 진료의뢰서를 부탁을 했으나 동네 병원에서 받으라고 했다. 급하게 동네 병원에 전화를 돌렸는데 어머니 병원 기록이 없어 진료의뢰서를 써주기는 힘들다고 했다. 어머니께 평소 다니시던 교회 집사님 병원인 삼성가정의학과로 급히 가서 집사님께 부탁을 했더니 바로 진료의뢰서를 써주셨다. 다음날 바로 어머니를 모시고 가서 한시간 이상을 기다려 의사선생님을 만났다. 일단 대장 내시경을 최대한 빠른 시간에 했으면 좋겠다고 의사 선생님과 상의를 했다. 선생님도 느낌이 이상한지 최대한 빠른 날짜로 스케줄을 잡아 주셨다.

그리고 대장 내시경 예약한 날 가서 수면 마취를 하고 검사를 했다. 검사를 시작한 지 얼마 지나지도 않았는데 의사선생님이 나를 불렀다. 그리고 내시경으로 대장 내부를 보여주셨다. 간단히 할 수 있는 것이라면 내시경하면서 용종같은 것을 제거하면 되었지만, 그 정도에서 되는 게 아니었고 큰 수술을 해야 하는 상황이었다. 전이는 되지 않아 수술을 할 수 있는 것만으로도 어쩌면 다행이었는지도 모른다. 대장 내시경은 더 이상 의미가 없어 그냥 접었다. 그리고 보다 정밀한 상황 파악을 위해 CT와 추가 검사를 했다.

집에 어머니를 모시고 와 저녁을 먹고 어떻게 해야할지 고민을 했다. 그냥 충북대병원에서 수술을 할지 서울로 가서 수술을 할지 결정을 해야 했다. 아버지가 저번에 뇌경색이라 누군가는 집에 있어야 했다. 혹시나 혼자 계실 때 무슨 일이라도 생기면 급하게 응급실로 모시고 가야 한다. 서울에서 수술을 하면 연세 많으신 어머니께서 청주에서 왔다갔다 해야 하니 그것도 힘이 들 것 같고, 일단 수술이 급하니 충북대병원 외과에 예약을 잡기로 했다.

삼성의학과 선생님 아내는 초등학교때부터 친구였다. 어머니 결과를 카톡으로 얘기해 주고 진료의뢰서 잘 써주신 것에 대한 고마움을 간접적으로 전했다. 친구는 아무래도 서울에 있는 큰 병원으로 가서 수술을 하는 것이 낫지 않겠느냐고 조언을 해주었다. 그 조언을 듣고 다시 한번 생각해 보니 친구의 판단이 더 현명하다는 생각이 들었다. 그래서 마음을 바꾸어 분당서울대병원 원무과에 계신 아는 분께 전화를 드렸다. 그분은 수영동호회 회장님이셨는데 개인적으로 많이 친해 자주 저녁도 같이 먹고 얘기도 많이 하는 사이였다. 그 분이 수술 경험이 많으신 의사선생님을 추천해 주셨고 예약도 해 주셨다. 병원을 옮기기 위한 필요한 서류도 있어야 해서 다시 충북대병원에 가 어머니의 진료 기록과 검사 기록, 영상기록을 다 복사해 받았다.

이제 어머니는 수술만 잘 받으시면 된다. 아버지 전립선 수술, 아버지

뇌경색, 어머니 수술, 너무 정신이 없이 많은 일들이 계속 생기고 있지만 그래도 하루 하루 잘 넘기고 있다. 생각을 많이 하면 안된다. 그냥 단순하게 살아가야 한다. 생각이 많아지면 더 힘이 들게 된다. 힘을 빼고 담담하게 일상처럼 지내야 하는 때다. 욕심도 다 버리고 그냥 맡기고 살아야 한다. 만약 나라도 아프거나 무슨 일이 생기면 안 되니, 어쨌든 부모님은 내가 지켜드려야 한다. 내가 할 수 있는 일이 있다는 것만 해도 감사할 따름이다. 내일은 어머니 모시고 수술을 하실 집도의 선생님을 만나러 가야 한다. 모든 일이 다 잘 될 것이다. 오늘은 점심때 어머니를 모시고 무심천 변에 있는 벚꽃을 구경시켜 드렸다. 평소에 꽃구경을 좋아하시는 어머니, 매년 무심천 변에 벚꽃이 피듯이 내년에도 후년에도 어머니를 모시고 벚꽃구경을 시켜드릴 수 있을 것이다.

선악의 저편

최민식씨와 이병헌씨가 주연한 "악마를 보았다"는 사람이 어떻게 악마의 모습을 가지게 되는지를 여실히 보여준 영화가 아니었나 싶다. 영화의 마지막 장면에서 이병헌씨가 최민식을 죽이고 나오는 장면은 악을 갚기 위해 악과 맞서다가 주인공마저 악마가 되어 버린게 아닌가 싶은 생각도 들었다.

프리드리히 니체의 〈선악을 넘어서〉에는 "괴물과 싸우는 자는 스스로 괴물이 되지 않도록 주의하라. 그대가 오래도록 심연을 들여다볼 때, 심연 또한 그대를 들여다볼 것이다." 이 말은 악과 상대하다 자신도 악의 화신이 되어 갈 수도 있다는 것을 경고하는 것인지도 모른다.

니체는 같은 책에서 "광기는 개인에게는 드문 일이다. 하지만 단체, 당파, 민족, 시대에 있어서는 일반적인 일이다."

가끔 수업시간에 학생들한테 이런 질문을 한다. 만약 미래의 시대에 생물복제가 더욱 발전하여 인간복제까지 가능한 세상이 온다고 가정해 보자. 다른 사람을 위해 많은 좋은 일을 한 사람 테레사 수녀님이나 시바이쩌 박사님 같은 분을 복제할 수 있겠지만, 인류에 악을 행한 사람 히틀러나 스탈린 같은 사람이 복제가 된다면 어떻게 될까? 세계 제2차 대전을 일으켜 수천만명이 사망하고, 아무 죄도 없는 유태인 600만명을 학살했는데 그런 히틀러 같은 사람이 수백명이 복제 된다면 세상이 어떻게 될까?

학생들은 그 질문에 생각을 해 본적도 없어서 그런지 모르지만 답을 하는 학생은 거의 드물다. 인간은 인간일 뿐이다. 인간이 인간의 영역이 어디인지를 객관적으로 모르는 순간 바로 악의 영역으로 들어갈 수가 있다.

집합은 그래서 무섭다. 집합내의 부분 요소들이 어떤 조합을 할지 그 누구도 모르기 때문이다. 나비효과처럼 집합내에 어떠한 조그만 요인이 전체를 광기로 만들어 버릴 수 있다. 왜 수많은 독일 사람들이 히틀러에게 충성을 맹세했을까? 스스로 악마가 되기 위해 그 길을 자진해서 나섰다. 악마가 되기 위해 스스로 괴물이 되기 위해 자진해 나섰던 것이다.

니체의 〈선악을 넘어서〉의 책 제목만이라고 곰곰이 생각해 본다면 우리는 악에 대한 일말의 힌트를 얻을 지도 모른다. 그의 같은 책에서 다음과 같이 말한다.

"사랑에서 행해진 것은 언제나 선악 너머에서 일어난다."

그는 선악의 저 너머를 보았다. 선악 자체로서는 거기에 머무를 수 밖에 없다. 선악을 초월하여 살아가야 한다.

버트란트 러셀의 〈행복의 정복〉에는 이런 구절이 있다.

"행복한 사람은 객관적으로 사는 사람이자 자유로운 사랑과 폭넓은 관심을 가진 사람이며 이러한 사랑과 관심을 통해, 그리고 다음에는 그의 사랑과 관심이 다른 많은 사람들의 관심과 애정의 대상이 된다는 사실을 통해 자신의 행복을 확보하는 사람이다. 사랑을 받는 사람이 된다는 것은 행복의 유력한 원인이지만 사랑을 요구하는 사람이 사랑을 받는 것은 아니다. 폭넓게 말한다면 사랑을 받는 사람은 사랑을 주는 사람이다. 그러나 이자를 받기 위해 돈을 빌려주듯이 계산을 한 끝에 사랑을 주려고 하는 것은 무익하다. 계산된 사랑은 진정한 사랑이 아니며 사랑을 받는 사람도 진정한 사랑이라고 느끼지 않기 때문이다."

사랑은 요구하는 것이 아니다. 계산을 하는 순간 그건 사랑이 아니다. 계산을 넘어서야 온전한 사랑이 있다. 선악을 넘어서야 진정한 선을 이룰수 있듯, 계산을 넘어서야 진정한 사랑도 가능할지 모른다.

　러셀은 객관적인 안목의 중요성을 강조했다. 그 안목을 잃는 순간 스스로 괴물이 되어가고 있는 것도 판단을 하지 못한다. 나 스스로도 항상 객관적인 안목을 잃지 않도록 깨어 생활해야 한다는 생각이 든다. 보다 많은 사람이 객관적인 안목을 가지고 깨어 있는 사회, 그 사회는 선악의 저편을 볼 수 있을지도 모른다.

어머니를 간호하며

 아버지가 걱정이 돼서 충북대병원에서 어머니 수술을 할까 했지만 분당서울대 병원에서 수술을 하기로 최종 결정을 했다. 집도를 할 의사선생님과 예약을 하고 나서 최대한 빠른 시간에 수술날짜가 잡히길 기도했다. 어머니 수술하는 동안 아버지께서 일주일 정도 혼자 계셔야 해서 불안은 했지만, 상태가 많이 좋아지셔서 매일 전화를 하면서 아버지를 체크하면 될 것 같아 그나마 걱정은 조금 덜었다.

 분당 서울대 병원을 예약한 날, 아침을 먹고 어머니를 모시고 병원으로 향했다. 충북대학교병원에서 그동안 진료기록 및 검사 결과를 모두 복사하고, 대장내시경 영상도 CD에 저장했다. 진료의뢰서도 미리 부탁해서 받아 놓았다. 2시에 예약을 해서 차가 밀릴지 모르니 일찍 10시 좀 넘어서 출발해 병원 근처 불곡산 등산로 입구에서 어머니와 함께 한정식을 먹었다. 식사를 잘 하시는 모습에 나도 밥맛이 났다. 지하 3층에 주차를 하고 암센터가 있는 2동으로 올라가 어머니 자료를 모두 접수시키고 영상도 다시 복사해 담당선생님이 볼 수 있도록 전달했다.

 암센터 병동엔 정말 환자들이 너무 많았다. 담당 간호사에게 도착을 알리고 순서를 기다렸다. 차례가 되어 수술할 의사선생님께 첫 번째 진료를 받았다. 우선 어머니 대장 쪽을 손으로 살피신 후, 충북대병원에서 가져온 자료와 내시경 동영상을 자세히 보시더니 바로 수술 날짜를 다음 주로 잡아주셨다. 개복은 하지 않고 일단 복강경으로 하는 쪽으로 가닥을 잡았다. 대장 내시경 영상에는 아래 부분만 나와 있어 수술하면서 위 부분도 살펴야 할 것 같다고 하셨다. 연세가 많아 수술전 노인포괄평

가와 내분비계 검사도 미리 해야한다는 설명을 해 주셨다.

　난 사실 한 달 안에 수술 날짜가 안 잡히면 어쩌나 많이 걱정을 했는데 다음 주에 바로 수술을 할 수 있다는 것이 믿기지 않았다. 수술을 해봐야 알겠지만, 그래도 수술을 할 수 있다는 것만으로도 얼마나 감사한지 모른다.

　의사선생님께 감사하다는 말씀을 드리고 진료실에서 나와서 안내에 따라 코디실에 가서 수술에 필요한 절차들을 밟았다. 그 동안 어머니가 받으신 다른 수술이나 질병에 대한 병력검사를 하고 현재 드시고 계신 당뇨약과 고혈압에 대한 것들을 말씀드리고 기타 수술에 필요한 사항들에 대해 설명을 들었다.

　필요한 서류 절차를 마치고 다음주 수술을 위해 기초 검사를 해야 했다. 1동 병원으로 가서 혈액검사, X레이, 폐기능 검사등을 다 하는데 1시간 이상이 걸렸다. 피곤하실 텐데도 씩씩하게 검사 받으시는 모습이 고마웠다. 모든 절차를 다 끝내고 나니 4시 30분이 넘어 있었다. 이제 다음주 입원하기 전에 코로나 검사를 한 후 수술만 잘 받으면 된다. 나도 어머니 입원해서 수술하는 동안 일주일 이상을 보호자로 상주해야 하기 때문에 입원하기 전 코로나 검사를 받아야 한다. 다음 주 일주일 수업은 모두 휴강을 시켜야 할 수 밖에 없을 것 같다. 웬만하면 휴강을 시키지 않는데 학생들에게 미안하지만 어쩔 수가 없다.

　모든 것을 다 마치고 다시 어머니를 모시고 청주로 내려왔다. 나도 피곤해서 그런지 운전을 하는데 자꾸 눈이 감겼다. 차에서 어머니가 언뜻 말씀을 하셨다.

"저번에 네가 아버지도 살리더니...."

　내가 살린게 아니라 충북대 병원 의사 선생님이 수술을 잘 하고 치료도 잘 해주셔서 살린 것인데, 어쨌든 이번엔 어머니를 살려야 할 차례다.

루 살로메

루 살로메는 1861년 상트페테르부르크에서 태어났다. 그녀는 대학 입학 전 루터파 교회의 목사였던 하인리히 길로트와 만났는데 길로트의 청혼을 거절하고 취리히 대학에 입학한다. 취리히에서 공부하던 중 폐에 질병을 얻어 요양 차 이탈리아 로마로 이주한다. 거기서 살로메는 철학자 파울 레에를 만나 철학과 종교에 대해 서로 교류하며 지내던 중 레에는 그녀와 결혼을 원하게 된다. 이때 살로메가 만난 다른 철학자가 바로 레에의 친구인 프리드리히 니체였다. 니체도 살로메를 사랑하게 되고 니체 또한 그녀와 결혼을 원했다. 살로메는 니체와 레에 두 사람의 남자에게 세 명의 같은 집에서 같이 살 것을 얘기하고 정신적인 결합만을 조건으로 하는 소위 삼위일체혼이라는 것을 제안한다. 이에 레에와 니체도 동의를 하게 되어 한 집에서 살로메, 니체, 레에가 같이 지내게 된다. 니체는 살로메를 사랑한 나머지 둘만의 결혼을 요구하게 되고 살로메는 정신적인 교감만을 원하며 그의 청혼을 거절한다. 이에 실망한 니체는 살로메와 레에를 떠나 고향으로 돌아간다. 고향에서 니체는 살로메와 레에와의 동거 소식을 접하게 되는데 이에 니체는 그녀의 배신감에 분노를 느끼고 철저하게 고독속에서 지내게 된다. 니체는 그 해 겨울 제네바로 거처를 옮기고 외부와 단절하며 집필에만 몰두하게 되는데 이 때 탄생한 저작이 바로 그 유명한 "짜라투스트라는 이렇게 말하였다"이다. 살로메는 레에와 동거 후 그를 떠나 언어학자인 칼 안드레아스와 결혼한다.

라이너 마리아 릴케는 1875년 프라하에서 태어났다. 루 살로메보다 14

살 연하다. 그의 원래 이름은 르네 마리아 릴케이다. 루 살로메를 만난 후 그녀가 그의 이름이 여자 같다는 이유로 라이너 마리아 릴케로 바꿀 것을 제안했고 그 후 평생 그 이름을 사용한다. 1895년 프라하대학 문학부에 입학하여 문학수업을 받았고 이후 1897년 뮌헨에서 운명적으로 루 살로메를 만난다. 당시 루 살로메는 안드레아스와 결혼하고 있었던 유부녀였다. 릴케는 루 살로메의 저서였던 "유대인 예수"를 읽고 이미 전부터 살로메를 흠모하고 있었고, 살로메도 릴케를 처음 본 순간부터 릴케에게 끌렸다. 살로메는 레에, 니체, 안드레아스와 동거와 결혼을 하면서도 지적인 결합만 원했을 뿐 쉽게 육체적 관계를 허락하지 않았다. 하지만 릴케를 만나면서 그녀의 그런 태도는 변하게 되었고, 릴케의 아이를 임신한다. 하지만 그녀는 아이를 낙태시킨다.

살로메는 릴케를 데리고 1899년과 1900년 두 번에 걸쳐 러시아 여행을 떠난다. 이 여행에서 그들은 당대 최고의 문학가였던 레브 톨스토이와 "닥터 지바고"로 후에 노벨 문학상을 수상한 보리스 파스테르나크를 만난다. 이 여행을 통해 문학가로서의 릴케의 진면목이 나타나기 시작한다. 살로메를 처음 만났을 때의 릴케의 나이는 22살로 작가 지망생 정도의 무명인이었지만 살로메와의 만남 이후 단 몇 년 만에 그는 위대한 감성을 가진 문학가로서 다시 태어난다.

하지만 4년 정도가 지난 후 그들은 헤어지게 된다. 감성이 풍부했던 릴케는 상당히 예민하고 신경질적인 태도를 자주 보였는데 살로메는 더 이상 릴케의 이런 모습을 받아 주지 않고 릴케를 떠난다. 살로메와의 이별 이후 고독 속에서 릴케는 위대한 문학적 걸작들을 쏟아내기 시작했다. 두 사람은 헤어졌지만 평생 인연은 끊지 않고 편지를 주고 받으며 동료로 남았다. 릴케는 살로메와 헤어진 후 조각가였던 베스토프와 1902년 결혼한 후 파리로 거처를 옮긴다. 여기서 그는 "생각하는 사람"으로 유명한 프랑스의 조각가 로댕의 비서로 지내면서 예술적 감각이 극대화된다. 이때 나온 작품이 그 유명한 "말테의 수기"이다. 1926년 릴케는 51세의 나이에 백혈병으로 사망한다. 살로메와 한때 동거했던 레에는 1901년 살로메와 추억이 깃든 인(Inn) 강의 절벽에서 투신 자살한다. 니체는 1900년 정신병원에서 사망한다.

지그문트 프로이트는 1956년에 체코에서 태어난 유태인이다. 살로메보다 5살 많다. 살로메가 50세일 때 프로이트를 만났다. 당시 프로이트는 최고의 전성기를 구가하고 있었다. 둘은 지적으로 통했고 서로 매료되었다. 프로이트는 살로메의 니체와 릴케와의 관계를 다 알고 있었다. 하지만 프로이트는 그런 것에 전혀 개의치 않았다. 정신분석학이라는 새로운 학문에 매료된 그는 프로이트에게 50세의 나이에도 불구하고 자신을 제자로 받아주길 간청했다. 제자를 잘 받아주지 않기로 유명한 프로이트였지만 그는 살로메를 애제자로 받아들였다. 프로이트는 살로메를 제자를 넘어선 연인으로 생각하게 되었고 그가 살로메에게 애정을 쏟는 과정에서도 살로메는 아들러나 프로이트 제자에게도 관심을 기울였다. 하지만 프로이트와 살로메의 관계는 평생에 걸쳐 이어졌다. 살로메는 그의 인생에 걸쳐 지적인 교제와 사랑 그 자체에만 관심을 기울였다. 그녀는 이렇게 말한다. "일단 사랑이라는 폭풍우가 지나가면 더 이상 휩쓸리지 않아야 해요. 그게 사랑의 속성이에요." 살로메는 1937년 76세의 나이에 사망한다. 그녀는 사랑의 대상이었던 남자들보다 사랑 그 감정 자체에 집중했던 것이다.

진정한 사랑은 어떤 것일까? 대상과 분리되어 있는 감정일 뿐일까? 사랑은 어떤 정해진 정의가 없다. 사람마다 생각하는 사랑은 다 틀리다. 거기에 충실하면 충분하지 않을까? 누가 어떤 형태의 사랑을 하건 그건 그만의 문제이다. 그 사람의 생은 그의 문제이다. 루 살로메가 어떤 길을 택했건 그는 그의 길을 갔다. 옳은지 틀린지는 우리가 판단할 사안이 아니다.

한나 아렌트

마르틴 하이데거(Martin Heidegger)는 1889년 남부 독일 메스키르히에서 태어났다. 어린 시절 집안의 경제적 상황이 좋지 않아 학업을 포기할 정도였으나 메스키르히시의 성당 신부였던 콘라트 그뢰버의 도움으로 김나지움을 진학할 수 있었고 프라이부르크 대학에서 1913년 24살의 나이에 철학 박사 학위를 받는다. 1917년 그의 수강생 중의 한 명이었던 엘프리데 페트리와 결혼한다. 결혼 후 제1차 세계 대전으로 인해 서부전선으로 징집되었고 독일이 패한 후 1918년 모교인 프라이부르크 대학으로 돌아와 에드문트 후설의 조교가 된다. 1923년 마르부르크 대학으로 옮겨 2년 후 정교수로 승진한다. 1928년 프라이부르크 대학의 후설이 은퇴하자 그의 후임으로 후설은 하이데거를 지명 프라이부르크 대학으로 자리를 옮겼고 이 때 나온 그의 저서가 바로 20세기 철학계의 최고 명저라 불리는 "존재와 시간"이다.

한나 아렌트(Hannah Arendt)는 1906년 독일 하노버에서 태어난 유태인이다. 어릴 적 칸트의 고향이었던 쾨니히스베르크와 베를린에서 자랐다. 1924년 그녀의 나이 18살 마르부르크 대학에 입학하여 철학 수업을 들으러 강의실을 들어갔는데 담당 교수가 바로 하이데거였다. 당시 하이데거의 나이는 35살로 한나 아렌트와는 17살 차이였고 하이데거는 이미 두 아이를 둔 유부남이었다. 18세의 한나 아렌트는 열정적이고 지적인 하이데거에게 빠져들었고, 하이데거 역시 그녀에게 마음을 빼앗기고 만다. 35살이었던 젊은 하이데거는 열정을 가슴에 묻어두지 못한 채 마침내 제자인 한나 아렌트를 따로 불러내기에 이르렀고 한나 아렌트

역시 그녀의 가슴 속에 자리 잡고 있었던 하이데거의 부름에 즉각 달려 갔다. 그리고 둘은 바로 스승과 제자의 관계에서 연인의 사이로 바뀌게 된다. 한나 아렌트는 언제든지 스승과 같이 생활할 수 있기 위해 학교 바로 근처로 이사를 했고, 정신적으로나 육체적으로 가장 왕성했던 하이데거는 그녀와 함께 하며 필생의 역작인 "존재와 시간"을 썼고, 한나 아렌트 역시 하이데거와 함께 생활하며 그의 철학과 사유를 체득해 나간다.

1933년 독일은 나치가 정권을 잡으며 당시 프라이부르크 대학 총장이 었던 뫼렌도르프를 해임시키고 그 후임으로 하이데거를 지명한다. 하이데거는 총장 취임식 연설을 하고 말미에 "하일 히틀러"라는 구호를 외침으로 세계 지성계에 충격을 던졌다. 1년 후 하이데거는 스스로 총장직에서 물러난다. 1945년 독일이 패망하자 독일에 진격한 프랑스군은 하이데거를 나치에 협력한 책임을 물어 모든 활동을 금지 시킨다. 1951년 금지가 해지되고 프라이부르크로 돌아오지만 한 학기 만에 사직하고 모든 것에서 은퇴한 후 1976년 타계할 때까지 연구와 저술에만 몰두한다.

하이데거와 한나 아렌트는 2년 정도 연인 생활을 하다 하이데거는 한나 아렌트를 하이델 베르크 대학의 칼 야스퍼스에게 박사과정을 하라고 떠나 보낸다. 이미 하이데거의 아내 뿐 아니라 대학 사회에서도 둘 간의 관계가 알려진 상태였다. 하이데거는 아렌트를 사랑했지만 가정을 깨지는 않았다. 사랑을 나눈 후 가정으로 돌아가는 하이데거의 모습에 아렌트는 지쳐갔고 스승의 권유대로 아렌트는 하이델베르크 대학으로 옮겨 야스퍼스 사사하에 박사 학위를 받는다. 1933년 아렌트는 유태인이라는 이유로 교수 자격 취득을 금지당하고 어떤 강의도 할 수 없게 됨에 따라 파리로 이주하고 1940년 하인리히 블뤼허와 결혼한다. 1941년 아렌트는 미국으로 망명하고 1950년에 미국 시민권을 취득한다. 그녀는

1951년 "전체주의의 기원"이라는 책을 저술함으로써 전 세계 철학계의 주목을 받게 되었고, 1959년 프린스턴 대학 역사상 최초의 여성 전임 교수가 된다. 그 후 그녀는 "인간의 조건", "예루살렘의 아이히만", "공화국의 위기", "시민의 불복종" 등 연이은 불후의 저술로 20세기 최고의 정치 철학자의 반열에 오른다. 아렌트는 가장 큰 업적은 자유를 공적인 것으로 이론화 한 것이다. 개인의 자유가 단순히 개인을 위한 것만이 아니라는 것이다. 그녀는 개인이 수동적으로 아무 생각 없이 모든 것을 안이하게 수용하는 것이 바로 악의 진부함을 만든다고 주장하였다. 대표적인 것이 독일 시민의 나치당의 출현을 막지 못한 것이라 할 것이다.

  아렌트는 나치에 협력하는 하이데거에게 실망했지만, 독일 패망 후 나치에 협력한 전범 행위에 대한 재판에서 그를 용서하고 스승을 위해 유리한 증언을 재판에서 한다. 그리고 그 후 둘은 연인 관계에서 철학을 하는 동료가 되어, 죽을 때 까지 서로 편지를 왕래하며 지적 교류를 한다.

  1975년 8월 86세의 하이데거가 병상에 누워 있을 때 한나 아렌트는 그의 스승을 방문한다. 4개월 후 아렌트가 먼저 심장마비로 세상을 떠나고 휠체어에 의지한 채 그녀의 장례식에 참석한 하이데거는 5개월 후 생을 마감한다.

  하이데거와 한나 아렌트는 스승과 제자의 만남에서 연인으로 되어 동거를 했고, 가정을 버리지 못한 하이데거로 인해 다시 헤어져 살았다. 21세기 철학계의 거장이었던 하이데거, 정치 철학의 최전선에 있었던 한나 아렌트, 둘은 지성의 최고봉의 위치에 있었지만 온전한 사랑을 이어가지는 못했다. 완벽한 삶은 그 어디에도 없는 없는 듯 하다. 선택이 우리의 삶의 궤도를 바꾸지만 어디로 가는지 알기는 실로 어려울 수 밖에 없다.

저 하늘의 별들도

별의 일생은 어떠할까? 어릴 적 밤하늘을 볼 때마다 별에 대한 모든 것이 궁금했다. 별은 그냥 하늘에 저렇게 붙어 있는 것인지? 별 안에는 무엇이 있는지? 별이 변하지 않고 항상 그 모습을 유지하는 것인지? 가볼 수는 없지만 별에 대한 호기심은 그 후로도 계속 되었다. 그래서 대학원 공부를 시작할때 천체물리학을 전공했다. 하지만 공부하는 도중 가족을 책임져야 하는 상황에서 더 이상 나만의 꿈을 쫓을 수는 없었다. 평생 하고 싶었던 것을 포기했다. 나의 꿈보다는 가족이 더 중요했기에 과감하게 결정하고 미련을 버렸다. 그 이후로 나는 어떤 것을 포기하는 것이 너무나 쉬웠다. 일평생 하고 싶었던 것을 포기했는데 다른 것을 포기하는 것은 일도 아니기 때문이었다.

별의 일생에 대해 연구한 사람으로는 인도 출신의 물리학자 찬드라세카를 빼놓을 수 없을 것이다. 인도에서 태어난 그는 영국으로 건너가 캠브리지 대학교에서 에딩턴 밑에서 박사학위를 받았다. 그의 가장 중요한 이론이 바로 별의 일생 중 마지막 과정에 대한 이론물리학적 해석이다. 별의 에너지는 핵융합에 의해 이루어지는데 별 안에 있는 모든 연료, 즉 수소가 다 소모되면 별의 진화에 있어서 마지막 단계, 즉 별의 죽음의 단계에 이른다. 그 모습은 별 자체의 질량에 의해 결정된다.

찬드라세카는 태양질량의 1.4배 이하의 별은 백색왜성으로 진화해 종말을 고하고, 그 이상의 별은 중성자별이나 블랙홀로 된다는 이론을 만들었다. 블랙홀이란 중력에 의해 별이 붕괴되는 것인데 밀도가 무한대에 가까워지기 때문에 당시엔 그의 이론이 받아들여지지 않았다. 백색

왜성의 최대 질량이 바로 "찬드라세카 한계"이다. 그의 스승이었던 에딩턴마저 그의 이론을 비판했다. 하지만 나중에 세계제2차대전의 종식을 위해 미국이 핵폭탄을 만드는 과정에서 책임을 맡았던 오펜하이머에 의해 찬드라세카의 이론이 옳다는 것이 알려지게 되었다.

찬드라세카는 영국에서 박사학위를 받고 미국 하버드대학 천문대에서 일하다 시카고 여키스 천문대로 자리를 옮긴다. 여키스 천문대에서 일을 하면서 시카고 대학교의 겨울 계절 학기 강의를 맡았는데, 당시 그의 수업을 수강 신청한 학생은 2명이었다. 학교에서 폐강을 시키려 하였으나 학생 2명이라도 가르치고 싶다는 그의 의견을 받아들여 폐강을 시키지 않고 수업을 진행했다. 나중에 그의 수업을 들었던 그 2명의 학생은 모두 노벨물리학상을 받았다. 찬드라세카 역시 천체물리학 이론으로 노벨 물리학상을 받게 된다.

모든 별은 태어나서 성장하여 진화하다가 나중에 최종적으로 죽음을 맞이한다. 나는 사실 어릴 때 별은 하늘에 오래도록 어쩌면 영원히 계속될 것이라 생각했다. 하지만 영원무궁할 것 같은 별도 시간이 오래 걸릴지언정 죽기 마련이다.

자연은 어쩌면 예외가 없다. 우주 공간에 존재하는 모든 것은 다 사라져 버리니 말이다. 우리 태양은 가장 표준적인 별이라 할 수 있다. 표준적인 별의 수명은 100억년이다. 즉, 우리 태양은 앞으로 50억년이 지나면 죽음을 맞이할 수 밖에 없다. 예외없는 법은 없다고 하지만 자연에는 그런 것은 존재하지 않는다. 생명을 가지고 있는 것이건 아니건 간에 모든 것은 태어나 어느 정도 시간이 지나면 죽는다. 죽음은 그 어떤 존재도 피할 수 없는 자연의 법칙이다.

불가에도 비슷한 말이 있다.

會者定離
去者必返
生者必滅

만나면 언젠가는 헤어지기 마련이고,
떠난 사람은 다시 돌아오게 되고,
태어난 것은 죽기 마련이다.

　생자필멸, 이것은 예외 없는 자연의 이치다. 당연한 것을 당연하게 받아들이지 못한다면 그건 과욕일 뿐이다. 나도 언젠가는 죽게 될 것이다. 지금 오늘 이 시간이 중요할 수 밖에 없다. 내일이 오지 않을 수도 있다. 살면서 많은 사람을 만나지만, 언젠가는 헤어져야 하며, 내 주위의 따뜻한 사람들과 죽음으로 헤어져야 하는 때도 온다. 영원무궁할 것 같았던 별도 시간의 제약이 있는 한 번 뿐인 일생이 있을 뿐이다. 별도 자연에서 왔으니 자연으로 돌아갈 뿐이다. 인간도 똑같은 길을 걸을 수 밖에 없다.
　따뜻한 봄날이 되어 주위엔 온통 꽃들이 피어나고 있다. 매화를 시작으로 벚꽃, 개나리, 진달래 등, 온 주위가 예쁜 꽃들로 가득 차 있다. 시간이 지나면 그 예쁜 꽃들로 다시 지고 말것이다. 요즘 들어 태어남보다 죽음이 더 익숙해져오는 것이 왠지 아쉽기는 하지만, 다시 옛날로 돌아가고 싶은 마음도 생기지 않는 건 무슨 이유일까? 꽃들이 더 지기 전에 예쁜 사진이라도 많이 찍어놔야 할 것 같다.

프레드릭 쇼팽과 조르주 상드

프레드릭 쇼팽은 1810년 폴란드 젤라조바볼라에서 태어났다. 그는 6살이었던 1816년부터 1821년까지 체코의 피아니스트였던 보이치에브 지브니로부터 피아노를 배웠다. 쇼팽은 일찍부터 두각을 나타내어 7살 때부터 콘서트를 했고, 11살에 스승에서 헌정하는 폴로네이즈를 작곡하기도 하였다. 1822년 스승은 쇼팽에게 더 이상 가르칠 것이 없다고 하여 그만 두었다. 그만큼 쇼팽은 피아노에 있어서 재능이 특출났다.

그 후 그는 1826년 바르샤바 음악원에 입학하였고 이후 폴란드가 낳은 세계적인 음악가로 성장하였다. 1831년 쇼팽은 파리로 이주하여 그곳에서 리스트 등과 교류하며 유명해지기 시작한다. 그리고 1836년 쇼팽은 조르주 상드와 운명적으로 만난다.

조르주 상드는 1804년 프랑스 파리에서 태어났다. 1822년 프랑스 한 지방의 귀족이었던 뒤드방 남작과 결혼하였으나 결혼 생활은 행복하지 않아 1831년 두 아이를 데리고 집을 나와 파리로 이주하였다. 1832년 소설 "앵디아나"로 유명해지면 남장 차림의 여인으로 파리 문학계에서 문필가로 활동하였다.

당시 유명한 음악가였던 리스트의 연인이었던 마리 다구 백작 부인의 살롱에서 1836년 쇼팽과 상드는 운명적인 만남을 한다. 처음에 당시 쇼팽은 마리아 보진스키라는 여성에게 청혼을 하고 그 답을 기다리고 있는 상태여서 상드에게 호감을 보이지 않았다. 하지만 상드는 쇼팽에게 적극적인 애정을 표현하였다. 쇼팽이 보진스키와 헤어진 후 쇼팽도 서서히 상드에게 마음을 열기 시작했고 그들이 살롱에서 만난 지 2년 만에 함께 동거하게 된다. 파리에서 함께 살던 중 쇼팽은 병약하여 몸이 쇠약해져 갔는데 상드는 쇼팽의 요양을 위하여 지중해의 마요르카로 이주하였고 얼마 후 다시 마요르카의 북쪽 카르투하 수도원에 가서 살게 된다. 이곳에서 쇼팽은 불후의 피아노 곡들을 작곡하게 전성기를 맞이하게 된다.

하지만 쇼팽의 건강은 회복되지 못하고 계속 악화되어 갔다. 쇼팽과 상드는 그렇게 9년을 같이 산다. 그리고는 상드는 쇼팽을 떠나게 된다. 그 이유는 분명히 밝혀지지 않았다. 당시 상드의 딸이었던 솔랑주는 다 성장하였는데 혹자는 쇼팽과 솔랑주가 연인 관계가 되었다는 주장도 있고 쇼팽과 솔랑주가 실제 연인은 아니었고 상드의 오해였다는 주장도 있다. 그 어떤 것이 사실인지는 모르나 쇼팽과 상드의 9년 간의 인연은 이것으로 끝이 난다.

상드가 떠나자 쇼팽의 건강은 급속도로 악화되어 갔다. 그리고 2년 후 낭만주의 시대 최고의 피아니스트였던 쇼팽은 1849년 39세라는 젊은 나이로 사망한다.

사랑은 항상 시간에 따라 변할 수밖에 없다. 어쩌면 사랑의 감정보다 믿음이 더 중요한 것인지도 모른다. 아름다운 사랑이 오래가기 위해서는 서로에게 너무 바라지 말고, 다 받아들이며 끝까지 믿어야 할 필요가 있다.

만화가 읽고 싶은 날

　초등학교 가기전 누나하고 형이 보던 책들이 너무 궁금했다. 아무도 없을 때 몰래 그 책들을 펼쳐보곤 했다. 그 중에 그림이 많이 있는 것은 너무 신기했다. 초등학교 입학하기 전이라 무슨 내용인지 너무 알고 싶었지만 글자를 모르는 나는 책장만 넘기면서 그림만 구경할 수 밖에 없었다. 어느 날 그 책의 내용이 너무 궁금해 참을 수가 없었던 나는 당시 아버지 일을 도와주던 기사형들에게 매달려 그 책을 읽어달라고 졸랐다. 형들의 무릎팍에 앉아 읽어주는 내용들이 너무 재미있었다. 형들이 바쁘면 어머니한테 매달려 읽어달라기도 했다. 어머니도 일이 너무 많으셨지만, 시간 나는대로 나를 무릎에 앉혀 놓고 읽어주시곤 하셨다.

　글자가 너무 읽고 싶었다. 하지만 초등학교 입학하기 전이었던 나는 글자를 배울 기회가 없었다. 당시에는 유치원 같은 것이 없었던 것 같다. 유치원라는 말도 들어 본 적도 없고 근처에 가 본 기억도 없다. 초등학교 입학할 때 까지 기다려 글자를 배울 생각을 하니 나로서는 너무 답답했던 것 같다. 나는 어릴때부터 어느 정도의 무대포 성격이 있었던 게 분명하다. 초등학교 입학할 때를 기다릴 수 없었던 나는 그때부터 만나는 사람마다 붙들고 책을 읽어 달라고 조르기 시작했다. 그러던 중 어느 날 내 눈에 글자들이 갑자기 들어오더니 글자들이 읽어지기 시작하는 것이었다. 너무 신기했다. 이제 책을 읽을 때 다른 사람의 도움이 전혀 필요없었다. 그리고 나서부터는 우리집에 있는 누나하고 형의 모든 책을 깡그리 읽어나가기 시작했던 것 같다. 그렇게 책들을 읽어 나가던 중 제일 재미있는 책들은 그림이 있는 책이고 그 책들이 만화책이라는 것을 알게 되었다. 그 후로 나는 당연히 만화책을 선호하게 되었고, 당시 집에 있었던 어깨동무, 소년동아 같은 책들을 있는 대로 다 읽었다.

집에 있던 모든 만화책을 다 읽고 나자 더 읽을 것이 없어서 허탈하던 중, 동네 근처에서 친구들하고 놀다가 집에서 어느 정도 떨어진 곳에 가게가 있었는데, 간판이 바로 "만화가게"라고 써 있었다. 나는 속으로 '혹시 저 가게에는 만화가 많지 않을까?'하는 호기심에 혼자 몰래 그 가게 문을 슬쩍 열고 안을 들여다 본 순간, 세상에 가게 안이 온통 만화책으로 둘러 싸여 있는 것이었다. '이 곳은 천국이 아닌가?' 싶은 생각이 들었다. 그런데 거기 있는 만화를 보려면 공짜로 볼 수 있을 것 같진 않았다.

며칠이 지난 후 동전 몇 개를 들고 나로 모르게 어떤 커다란 인력에 끌려 그 만화가게를 향해 용기를 내어 문을 열고 들어갔다. 아무것도 모르는 나는 주머니 있는 모든 동전을 다 꺼내 손바닥 위에 놓고 거기 있는 아주머니한테 내 손바닥을 내밀었다. 아주머니께서 보시더니
"처음 왔는가 보구나"
했던 것 같다. 그리고 무슨 설명을 하신 것 같았는데 그 이후로는 기억이 안 난다. 어쨌든 내 손바닥 위에 있는 동전을 다 아주머니한테 드리고 앉아서 거기 있는 아무 책이나 꺼내 읽어나가기 시작했다.
"천국이 따로 없구나. 여기가 천국이다."
얼마나 기분이 좋았는지 몰랐다.

잘 기억은 나지 않지만, 아마 만화책 한 권 보는데 5원 정도가 아니었나 싶다. 그 날 이후로 나는 동전만 생기면 만화가게에 달려가 죽치고 앉아서 돈이 다 될 때까지 시간 가는 줄 모르고 만화책들을 읽어 나갔다. 만화는 왜 그렇게 재미있는 것인지 알 수가 없었지만, 만화가게는 그 후로 나에게 천국이 되었다.

만화가 좋지 않다고 생각하셨던 어머니는 내가 만화책 볼 때마다 많이

혼내시켰다. 하지만 나는 그 엄청난 유혹을 뿌리칠 수가 없었다. 어머니 몰래 만화가게를 정말 많이 다녔고 해가 저물어서 저녁 먹을 시간이 되도 집에 돌아오지 않는 나를 어머니께서는 회초리까지 드시기도 하셨다. 당시 우리집에서 같이 살던 막내이모가 수시로 저녁먹으라고 나를 찾으러 만화가게에 나를 데리러 오던 기억이 난다.

그렇게 만화속에 살다가 초등학교에 입학을 했다. 학교에 입학하고 나서 어느 정도 지나고 나자 학교안에 있는 도서관이라고 씌인 팻말을 우연히 보게 되었다. 가만히 문을 열고 들어갔더니 거기에도 너무 재미있는 책들이 수북이 쌓여 있었다. 학습만화니 역사만화니 하는 것도 있었다. 이제 돈 내고 만화가게 갈 필요가 없는 것이었다. 그 후로 시간만 나면 거기에 가서 죽치고 앉아 그 재미있는 나의 책들을 읽으며 매일 같이 거기서 살았다.

나중에 시간이 지나 중고등학교 때는 만화를 볼 수 없었지만, 대학생이 되어서도 할 일이 없어 시간이 나면 만화들을 즐겨 읽곤 했다. 이현세의 "남벌"이라는 만화는 아직도 기억에 생생하게 남는다.

지금 이 나이에도 가끔씩 만화를 읽기도 하고, 만화를 읽고 싶은 날이 있기도 하다. 세상이 만화 같았으면 좋겠다. 만화 속에서는 불가능하다고 생각되는 일들이 가능해지는 경우가 너무나 많다. 이현세의 '남벌'은 우리나라와 북한이 협력하여 일본을 이기는 이야기이다. 상상만 해도 너무 신나지 않은가? 또한 만화에서는 어렵고 힘들게 살아가는 사람들이 나중에 결국 행복하게 사는 이야기가 너무나 많다. 그건 완전히 축복이다. 만화에선 이루어지지 않을 거라 생각했던 일들도 그 어려움을 다 이기고 결국엔 이루어진다.

내 평생에 진실로 이루어지길 바랬던 것은 그다지 많지 않다. 하지만 그 중에 이루어지지 않은 것이 더 많다. 나의 남은 시간에도 진심으로 원하는 것이 몇 개 있다. 하지만 나의 소원이 이루어지기보다는 그렇지 않을 확률이 더 크다. 내가 진심으로 아무리 원하더라도, 내가 정성을 다해 기도하더라도 그 소원이 이루어지지 않을 것 같다. 인생이 만화라면 얼마나 좋을까? 불가능한 나의 소원이 어느 정도는 이루어질 수 있을 텐데. 오늘은 주말이지만 마음 편히 쉬기가 쉽지 않다. 다음 주에는 또 다른 큰 일을 겪어야 한다. 그래서 그런지 오늘은 왠지 만화를 읽고 싶다.

고통을 극복하고 난 후

참을 수 없는 고통이 머리끝에서 발끝까지 나를 짓눌렀다. 우주의 미아가 된 것 같았다. 모든 것이 나의 뜻과는 전혀 상관없이 이루어지고 있었다. 내가 가고자 하는 쪽으로 아무리 발버둥쳐도 갈 수가 없었다. 절망과 회의 속에서 나는 너무나 외롭고 힘들었다. 사방이 모두 막힌 것 같아서 어디로 가야할 지 알 수가 없었다. 잘못 발을 내딛으면 낭떠러지로 떨어질 듯 했다. 한 줄기 빛도 비춰주지를 않아 깜깜한 동굴 속에 갇혀 있는 것 같았다. 그 답답함은 내 인내의 한계를 넘어섰다.

지나온 시간에 대한 허무함과 삶의 의지도 잃은 채 바닥에 주저 앉아 모든 것을 원망했다. 모든 것을 다 포기하고 싶었다. 하지만 생의 의지는 인간의 본성인지도 모른다. 다른 이를 의지하지 않기로 했다. 거기서부터 출발했다. 나의 나됨은 오직 나에게만 맡겨져 있다는 것을 깨달았다. 나 혼자 그냥 모든 걸 다 헤쳐나가기로 했다. 외로움도 그저 사치에 불과했다. 나의 삶은 어차피 나의 삶일 뿐이다. 다른 이와 공유할 수도 없다.

그 누구도 바라보지 않고 그 어떤 도움도 바라지 않은 채 무릎을 펴고 두 발로 일어섰다. 휘청이는 나의 몸을 가누기도 힘들었지만 마음을 비우고 모든 것을 버렸다. 어떤 용기로 그 많은 것을 버릴수 있었는지 나도 이해할 수 없었다. 생의 본능은 나를 그렇게 만들었다. 몸이 가벼워지니 걸을수가 있었다.

나를 망쳤던 내 자신마저 버렸다. 나를 버리고 나니 내 자신의 내면에 평안이 깃들기 시작했다. 높은 공중에서 모든 것을 맡긴 채 대기의 흐름에 나를 놓아 버렸다. 이제는 잃을 것이 없기에 그것이 가능했다. 한없이 아래로 떨어졌지만 바닥에 가까울수록 나의 눈이 밝아왔다. 어느덧 고통이 사라져감을 느꼈다.

그렇게 고통을 극복하니 자유가 찾아왔다. 어떤 것에도 미련이 없었고, 어떤 것에도 연연해 하지 않을수 있었다. 어쩌면 삶 자체에 대한 자유인지도 모른다. 고통을 극복하고 난 후 나는 다시 태어남을 느꼈다. 그리고 내가 누구인지를 알 수 있었다.

삶은 어쩌면 고통의 연속일지 모른다. 나는 고통을 원하지 않았다. 나의 의지와 상관없이 그것은 나의 삶을 관여했다. 하지만 이제 나는 고통으로부터 그리고 삶으로부터 자유롭다.

높은 곳에서 떨어져 보았기에 이제는 날개를 펼쳐 자유롭게 비행할 수 있다. 나의 몸은 이제 깃털처럼 가볍다.

마음의 별은 영원히 빛난다

어릴적 밤하늘의 빛나는 별을 하염없이 바라보곤 했다. 저 별은 왜 이리 반짝이는 걸까? 저 별엔 도대체 무엇이 있는 것일까? 거기에 가 볼수는 없을까? 한없이 바라보던 밤하늘의 별은 어느덧 내 마음으로 빛줄기를 타고서 내려온 듯 싶었다. 그 후로 나는 내 마음의 별을 찾아 이제까지 달려온 듯 싶다.

나는 왜 그리 별을 좋아했던 것일까? 별은 시간이 많이 흘러도 변하지않는다. 어떤 조건이나 이익에 연연하지 않고 항상 그 자리에서 어둠을 밝힌다. 오늘이나 내일이나 변함없이 자신을 태워 빛을 발한다. 변함이 없기에 믿을 수 있고 믿을 수 있기에 좋아할 수 밖에 없다. 저녁을 먹고 밤하늘을 바라보는 이유는 항상 그 자리에 별이 존재한다는 믿음 때문이었다.

변하지 않는 내 마음의 별은 어디에 있는 것일까?

별은 운명이다. 운명은 거스를 수 없다. 내가 있는 시공간에 같이 존재해야 한다. 가장 빛나는 별일지라도 시공간이 일치하지 않는 이상 나의 별은 아니다. 그러기에 운명이다. 만날 수 있기에 만나는 것이고 만날 수 없기에 못 만나는 것이다.

운명은 나를 빛나게 한다. 그로 인해 나는 행복하며 그러기에 기쁨의 원천이다.

나의 운명의 별은 어디에 존재하고 있는가?

나의 별은 나를 바꿀수 있다. 별을 바라봄은 어쩌면 동경이요 꿈이다. 나의 꿈은 나를 변화시킨다. 나의 이상향이기에 거기에 도달하기 위해 나는 나를 바꾸어 나간다. 지금의 모습으로 불가능하기에 더 나은 모습이 되기 위해 내가 나를 바꾸어 나간다. 내 마음의 별은 그러한 능력이 충분하다.

나를 바꿀수 있는 그 별은 그 어딘가에는 있다.

나는 나의 별을 위해 모든것을 할수 있다. 나의 가진 것을 다 주어도 아깝지 않고 나의 생명 다할때까지 그 별을 위해 모든 것을 바친다. 나의 별을 위해 무언가를 할 때 나는 지치지 않고 힘들지 않다. 그것이 나의 존재 이유가 되기 때문이다. 나의 별을 위해서는 어떤 장애물이나 역경이 와도 두렵거나 무섭지 않다. 알수 없는 나의 내면의 힘은 극대화되어 나의 별을 지키기에 모든 힘을 쏟는다.

오늘도 나는 밤하늘의 별을 바라본다. 밤하늘의 별이 변함없이 반짝이듯 내 마음의 별도 영원히 빛날 것이다.

코로나 검사를 받으며

어머니 수술을 위해 코로나 검사를 받아야 했다. 다른 병원도 마찬가지겠지만 분당서울대병원도 입원 환자 한 명당 보호자 한 명만 간호할수 있다. 보호자도 코로나 검사 음성 판정을 받아야 병원에서 간병을 할수 있다. 예전에는 환자 가족들이 돌아가며 간호를 자유롭게 할 수 있었지만, 요즘엔 교대하러 들어오는 사람도 코로나 검사를 해야 하고, 잠시교대를 하러 나갔던 사람이 다시 들어오려면 코로나 검사를 또 받아야한다. 여러 가지 사정으로 내가 입원부터 퇴원까지 병원에 상주하면서어머니를 간호해 드려야겠다는 생각을 했다. 학교 강의는 일주일 모두를 학생들에게 양해를 구하고 휴강을 시켰다. 학생들이 휴강을 하는데도 불구하고 이메일을 통해 수술이 잘 될거라는 많은 응원을 해 주어서너무나 고마웠다. 보강은 수술이 끝난 다음 주 저녁시간에 하기로 했다.

어머니는 서울대 병원에서 검사받을 수 있지만 나는 외부에서 검사를받아야했다. 입원 하루전에 병원 근처 야탑역 4번 출구 앞에 있는 선별검사소에 가서 코로나 검사를 받았다. 사람이 그리 많지 않아 오래 기다리지 않고 검체 채취를 마쳤다. 검사를 할때 콧구멍 속으로 면봉 같은것을 집어넣을때 따끔하기는 했다.

사람이 생명의 위협을 받는 경우는 여러가지이다. 외부적인 요인으로는 바이러스, 세균, 곰팡이, 기생충, 프라이온 등이다. 요즘은 곰팡이나기생충에 의한 사망은 극히 드물다. 광우병의 원인이 되는 프라이온도지금은 그리 큰 문제가 되지는 않는다. 하지만 바이러스와 세균은 인류가 멸종될때까지 영원한 싸움을 계속해야 할 지 모른다. 복제 과정에서 새로운 종류가 계속해서 나올 것이기 때문이다. 바이러스와 세균의 중요한 차이는 다른 무엇보다 숙주의 필요 여부이다.

잘은 모르지만 그래서 숙주가 절대 필요한 바이러스가 더 무서운 것인지도 모른다. 인간이나 세균, 바이러스는 생물학적으로 볼 때 다같은 하나의 생명체일 뿐이다. 생명체는 생성, 번식하는 것이 어쩌면 본능일지 모른다. 리차드 도킨슨은 후손을 남기는 과정이 자신의 DNA를 지구상에 영원히 남기는 과정이라고 보고 이러한 뜻에서 유전자가 이기적이라고 했다. 인간도 바이러스를 극복해야 하고 바이러스도 후손을 남기기 위해 인간을 숙주로 사용해야 한다.

바이러스가 무서운 것은 종잡을 수 없는 새로운 돌연변이의 출현 뿐 아니라 복제의 메카니즘에도 있다. 1980년대 처음 에이즈가 유행되기 시작한지 몇 년만에 전 세계 6000만명이 감염되었고 그 중 2500만 명 정도가 사망했다. 치사율이 거의 50퍼센트에 달했다. 에이즈 바이러스가 무서웠던 것은 에이즈 바이러스는 전에 알려지지 않았던 역전사과정을 통해 복제되기 때문이다. 아직까지도 에이즈 바이러스는 치료제는 개발되었지만 백신은 없다. 예방의학이 많이 발달되었지만 에이즈바이러스로부터 인간은 아직 자유롭지 못하다.

또 다른 바이러스의 무서움은 전파력과 전파 과정의 다양함 때문이다. 흑사병의 전파력은 어마무시하다. 중세시대 흑사병이 유행했을때 유럽 전체 인구의 삼분의 일이 사망했다. 코로나 바이러스가 무서운 것은 공기를 통해 너무나 쉽게 전파될 수 있기 때문이다. 그나마 인류가 에이즈로부터 어느 정도 버틸 수 있었던 것은 에이즈는 직접적인 성접촉이나 수혈을 통해서만 감염되기 때문이다. 만약 에이즈 바이러스가 코로나처럼 공기를 통해 감염될 수 있다면 어떤일이 벌어질까? 상상만 해도 소름이 끼친다.

현대에 와서 바이러스가 더 무서운 것은 인간의 이동의 편함과 자유로

움에 있을지 모른다. 에전엔 사람들이 그다지 이동이 많지 않아 유행병이 국소적이었지만 현재의 인류는 비행기나 다른 교통수단을 통해 전 세계적으로 이동을 한다. 그러한 인간의 이동을 따라 바이러스도 순식간에 전 세계로 전파되는 것이다. 이제 유행병은 단지 한 나라의 문제가 아니라 전 세계적인 문제가 되어버렸다. 세계 각 나라가 자기 나라의 이익만을 주장하고, 서로 협력하지 않는다면 앞으로 어떤 재앙이 나타날지 모른다.

역사상 가장 무서웠던 질병중의 하나는 천연두였다. 인류는 이제 천연두로부터는 어느 정도 자유롭다. 하지만 이는 제너가 인류 최초로 천연두 백신을 개발한 지 200년이 지난 후에 이루어진 결과다. 세계보건기구가 21세기 말 인류는 천연두를 완전히 정복했다고 자랑스럽게 선언했지만 그건 오만이다. 그 이후로 새로운 바이러스는 계속 터져 나왔다. 인류는 바이러스로부터 영원히 자유로울 수 없다. 그게 운명이다. 따라서 오만을 버리고 겸손히 또 다른 새로운 바이러스의 출현을 항상 준비해야 한다. 바이러스는 우리 인간의 눈에 보이지도 않을 정도로 작지만 결코 작은 존재가 아니다. 현재만 생각하고 미래를 대비하지 않는다면 인류의 미래는 암울할지도 모른다. 과거에도 그랬지만 지금 이 시간에도 지구상 어디에선가는 어떤 종이 멸종하고 있을지도 모른다.

어머니 수술이 끝나고

생사는 종이 한장 차이다. 삶과 죽음은 그리 멀리 떨어져 있는 게 아니다. 어쩌면 우리는 이생에서 잠시만 머무르다 가는 것일지도 모른다. 나의 의지로 온 이 세상은 아니지만 머무르고 있는 동안은 힘들지 않게 있다 갈 수는 없는 것일까? 많은 것을 바라지도 않고 평범하게 살아가고자 할지라도 우리의 운명은 그렇지만은 않다. 우리 부모님의 세대는 역사의 선상에서 너무 많은 일들을 운명적으로 겪을 수 밖에 없었다. 일제시대에 태어나 아무런 죄도 없이 국가없는 식민지 생활을 해야 했고 해방의 기쁨도 잠시였을 뿐 같은 민족끼리의 전쟁으로 그 어려움을 겪었다. 전쟁후에는 아무것도 없는 폐허속에서 끼니걱정으로 하루하루를 버틸 수 밖에 없었고 독재치하에서 그 많은 시간을 버티면서 오늘의 발전까지 이루어냈다. 이유여하를 막론하고 나는 우리 부모님세대를 존경한다.

이제까지 살아오면서 내가 어떤 일을 해도 나를 끝까지 믿어준 사람은 부모님밖에 없었다.

믿음은 소망이다. 내 자신을 돌아보면 나는 좋은 점보다 나쁜 점이 더 많은 사람이다. 그럼에도 불구하고 나에 대한 소망이 있으셨기에 나를 끝까지 믿으셨다. 그 믿음은 이제 나의 마음에 굳게 새겨져 있어 어떤 일이 있어도 흔들리지 않게 되었다.

오전 7시 수술실로 들어가시는 어머니의 모습을 보면서 나는 실로 담담했다. 수술이 잘 되어 다시 건강한 모습으로 내 옆에 다시 계실거라 굳게 믿었기에 어떤 마음의 동요도 없었다. 집도는 분당서울대병원 외과 과장님이 직접 하셨다. 대장암 분야에서 우리나라 명의로 선정되신 분이었다. 수술실로 들어가신 후 나는 평상시처럼 씻고 아침을 먹고 수술실 앞에 앉아 책을 읽었다. 내가 할 수 있는 것은 다했다. 나는 이제 기다리기만 하면 된다. 더 이상은 나의 영역이 아니다. 이제는 믿고 맡길 수 밖에 없다.

어머니가 수술하는 동안 이상하리만치 마음이 평안했다. 걱정이 되지도 않았고 마음을 졸이거나 하지도 않았다. 아무 생각 없이 그 자리에 앉아 책만 읽어 나갔다.

그렇게 시간이 흘러 12시 30분 정도가 되었다. 수술실 문이 열리고 인공호흡기에 의지해 침대에 누우신 채로 어머니께서 나오셨다. 어머니의 모습을 보며 손을 꼭 잡아드렸다. 그렇게 어머니는 다시 내 곁으로 오셨다.

삶은 많은 것을 동반한다. 어려움이나 힘든 것이 없는 인생은 없다. 우리의 인생은 어려운 게 당연하다. 힘들게 살아갈 수 밖에 없다. 그냥 받아들일 수 밖에 없다.

이제는 얘기할 수 있을 것 같다. 불행은 한꺼번에 온다는 말이 있었던가? 작년부터 시작된 아버지의 전립선암 수술, 아버지의 뇌출혈, 그리고 올해의 어머니의 대장암 수술까지. 세 개의 커다란 태풍이 예고도 없이 연이어 불어 닥쳤다. 비를 피하기 위해 우산을 펴고 싶어도 바람이 세서 펼 수가 없었다. 그냥 그 거센 바람과 비를 온 몸으로 맞을수 밖에 없었다. 내가 할 수 있는 일은 별로 없었지만, 이제까지 나를 믿어 주셨던 그 마음을 모아 흔들리지 않고 내 자리를 지켰다.

하마터면 두 분을 한꺼번에 잃을 뻔했다. 하지만 두 분 모두 사셨다. 그냥 두 분이 내 옆에 계신 것 만으로도 충분하다. 더 이상 바라지 않는다. 그것으로 족하다.

수술장 앞에서 기다림은 긴장과 초조의 연속이었다.

기적은 있다

    수술을 할 수 없음은 마지막 희망이 없다는 건지 모른다. 84세 되신 아버지의 뇌수술을 할 수는 없었다. 담당 의사 선생님도 아버지 연세 때문에 수술을 전혀 권하지 않았다. MRI를 다 찍고 나서 결과를 의사 선생님과 함께 보았을 때 알수 없는 검은 그림자 같은 것을 느꼈다. 몇 달이 지난 지금에 와서야 얘기할 수 있지만 당시엔 사실 나도 크게 절망했다. 아니길 바랬지만, 그것이 현실로 다가왔을 때의 느낌은 겪어보지 않은 사람은 모른다. 하지만 나는 자식이다. 가만히 있을 수 없었다. 의사 선생님과 20분 정도를 상의한 것 같다. 결과가 어떻게 될지 모르지만, 그 상황에서 할 수 있는 것은 다 해야 한다.

    뇌출혈로 인해 입 주위의 근육이 전부 마비되어 물을 먹여 드려도 물을 삼키기는커녕 입 주위로 전부 흘러내렸다. 방 옆에 있는 화장실도 혼자 가실 수 없어서 부축해서 가야 했다. 나는 아무 생각을 하지 않기로 했다. 생각이 마음을 복잡하게 만들고 나를 힘들게 할 것 같아 아예 생각하는 것을 스스로 차단했다. 힘들지만 그럴 수 있었다. 그냥 그 순간 순간을 살아내기만 하는 것으로 마음을 먹었다. 죽을 쑤어 입에 넣어 드려도 삼킬 수 없으니 아무것도 드시지 못했다. 혹시나 몰라 한의원에 매일 모시고 가서 침을 맞았다. 병원에서 처방해 준 알약을 삼킬 수가 없으니 갈아서 조금씩 입에 넣어 드렸다. 반 정도는 다시 입 밖으로 나와 버렸지만 그래도 계속 입안으로 밀어 넣었다. 약봉지를 들고 다시 약국으로 가서 최대한 작은 분말 가루로 갈아 달라고 했다. 그것을 집으로 가져와 물에 타서 한 숟갈씩 먹여 드렸다.

사실 희망이 보이지 않았던 것이 솔직한 고백이다. 내 마음 한 구석에서는 아버지의 마지막을 준비해야 할지도 모른다는 생각도 들었다. 하지만 그 생각을 의식적으로 끊었다. 그렇게 일주일 정도 지났을 때 아버지의 혀가 조금씩 움직이는 것을 느꼈다. 그리고 물이 목을 타고 조금씩 내려가는 것을 알 수 있었다. 변화가 생기고 있다는 것을 느끼며 어디선가 희망의 빛이 조그마한 틈새로 들어오는 것 같았다. 어둠의 그림자가 밝은 빛으로 물러갈 것 같다는 생각이 나도 모르게 들었다.

　2주 정도가 지나면서 아버지의 얼굴 근육이 서서히 풀렸다. 물을 먹여 드렸을 때 삼키기 시작하는 것이었다. 약이 입 밖으로 도로 나오지 않았다. 혀 근육이 풀려서 말을 하시기 시작했다. 어떤 발음은 알아들을 수 없었지만, 의사소통엔 문제가 없었다. 죽을 드실 때 아직 많이 흘리기는 하셨지만 그래도 목 안으로 넘겨 삼킬 수 있었다. 그렇게 한달 정도가 지나면서 얼굴 근육이 거의 정상으로 돌아오고 있었다. 물은 전혀 흘리지 않았고 약도 전부 다 삼킬 수 있었다.

　물리학을 30년 이상 공부한 나는 가장 객관적인 것만 믿는다. 정확한 계산으로 증명되고 수많은 실험의 반복으로 확인된 것만 의심하지 않는다. 알게 모르게 그러한 것이 무의식적으로 내 안에 잠재해 있다. 나는 언론의 말은 전혀 믿지 않을뿐더러 아예 참고조차 하지 않는 성격이다. 신문에 나오는 사설이나 컬럼 같은 것을 읽기는 하지만 아예 소설이라 생각한다.

　솔직히 말해 나는 기적을 믿지 않았다. 확률도 오차 범위 안에서만 받아들일 뿐 더 이상의 의미는 없다고 생각했다. 하지만 아버지의 지난 몇 개월의 모습을 보며 나도 모르게 작은 기적을 느꼈다. 과학자인 내가 도저히 이해할 수 없고 알 수 없는 어떤 무언가를 느꼈다. 아버지가 회복되지 않으셨다면 느낄 수 없었을 것이다. 아버지는 이제 거의 예전의 모습으로 돌아오셨다. 내가 생각해도 신기하고 이상하다. 그리고 너무 감사하다. 같이 식탁에 앉아 밥을 먹을 수 있다는 것이. 그리고 이제 나는 안다. 기적이 있다는 것을.

운보의 집에서 부모님

먼 곳을 향하여

내가 앞으로 가야 할 길은 얼마나 남아 있을까? 아무것도 모른 채 배웠고 아무것도 모른 채 살아왔다. 이제는 남아 있는 시간이나마 무언가를 알고서 가고 싶다. 더 이상 뿌연 안개 속에서 이리저리 헤매며 나의 길을 가고 싶지 않다. 더 이상의 후회되는 시간들을 보내지 않기 위해서라도 그래야 한다.

아직까지 가야 할 길은 남아 있다. 그리고 그 길이 아직 먼 길이길 바란다. 나의 앞에 놓여진 아직 가지 않은 길을 보다 더 의미있고 행복하며 즐겁게 가기 위해서는 나의 마음부터 새로워져야 한다. 나의 과거의 모습을 바라볼 때 너무나도 문제점이 많았다. 그것을 되풀이하고 싶지는 않다.

이제는 과거의 나를 모두 떨쳐 버리고 보다 새로운 나를 만들어 가며 한층 성숙한 모습으로 나머지 길을 가야만 한다. 시간이 얼마나 남아 있는지 전혀 알 수 없기에 그 시간들을 아껴가며 하루하루를 살아가야만 한다. 필요없는 일이나, 나하고 상관없는 일, 중요하지 않은 일들은 과감하게 다 잘라내야 한다.

앞으로 가야 할 길에서 가장 중요한 것은 올곧은 나의 마음이다. 모든 것이 나의 마음에서 비롯된다. 나의 나됨은 나의 마음에서 나온다. 내 마음은 내가 만들어 갈 수 있다. 내가 나를 바로보고 내 자신을 정확하게 인지함으로 내 자신을 조절할 수 있을 때 그 먼 길을 가는데 있어 후회없는 시간들로 채워갈 수 있을 것이다.

인도의 시인 타고르는 그의 시 〈열매 줍기〉에서 다음과 같이 말한다.

위험을 피하게 해달라고 기도하는 대신
두려워하지 않게 해달라고 기도하게 하소서

고통이 사라지게 해달라는 대신
그 고통을 이길 강인한 마음을 갖게 해달라고 기도하게 하소서

삶의 전장에서 함께 싸울 동지를 찾는 대신
나 자신이 힘을 지니게 해달라고 기도하게 하소서

불안한 마음으로 구원을 갈구하는 대신
내 힘으로 자유를 쟁취할 인내심을 갖게 하소서

오직 성공에서만 당신의 자비를 느끼는 겁쟁이가 되는 대신
실패에서도 당신의 손길을 느낄 수 있는 사람이 되게 하소서

나의 앞길에 어떤 일들이 일어날지 하나도 알 수가 없다. 5년 후, 10년
후 내 자신과 내 주위가 어떤 모습으로 변해 있을지 짐작조차 할 수가
없다. 하지만 분명한 것은 오직 나의 힘으로 그 길을 가야 한다. 그 어떤
누구도 의지하지 않고 그 어떤 도움도 바라지 않는다. 나는 이제 위험도
두렵지 않고 고통도 겁나지 않는다. 내가 겪을 수 있는 고통의 나락까지
경험해 봤기에 고통은 이제 일상이다.

중용의 저자는 15장에서 말한다.

君子之道,
辟如行遠必自邇,
辟如登高必自卑.

군자의 도는 비유하면 먼데 가는 것은
반드시 가까운 데부터 시작하며,
높은데 오르는 것은 반드시
낮은 데부터 시작한다.

　제일 가까운 곳과 제일 낮은 곳은 어디일까? 그건 바로 나 자신이 아닐까 싶다. 모든 것은 나로 말미암는다. 따라서 제일 중요한 것은 내가 나를 알아야 한다. 이제는 알 것 같다. 내가 누구인지를. 어쩌면 그 많은 일들을 겪어왔던 것이 이를 위함인지도 모른다. 그 댓가가 너무나 컸지만, 돌이킬 수도 없다. 다 나의 책임일 뿐이다.

　나의 존재의 미미함이 그 먼 곳을 향하여 가는 길에 있어 나의 발걸음을 가볍게 해주리라 믿는다. 내 자신이 무거우면 그 그곳에 다다를 수 없다. 내 자신을 최대한 가볍게 하고 모든 짐을 내려 놓고 그 곳을 향하여 갈 것이다.

　그 먼 곳에 무엇이 있어서 가느냐고 묻는다면 나는 할 말이 없다. 나도 알 수가 없기 때문이다. 가보지 않은 곳에 무엇이 있는지 내가 어떻게 알겠는가?

　그 먼 곳까지 갔더니 아무것도 없으면 어떻게 할것인지 묻는다면 역시 할 말이 없다. 지금도 아무것도 없으니 그 곳에 아무것도 없어도 아무런 상관이 없다. 또한, 내가 그 곳에 가려는 이유는 무엇을 취하고자 함이 아니기 때문이다.

　하지만 그 먼 곳을 가야 할 이유는 충분하다. 지금 이곳은 내가 있을 곳이 아니기 때문이다. 이곳에 안주한다면 더 이상의 나는 없다.

　내가 누구인지는 알 수 있으나 나의 나됨은 아직 알 수가 없다. 그것을 모른채 이곳에 있을 수는 없다. 그러기에 그 먼곳을 향해 떠나는 것이다. 돌아오지는 않는다. 그럴 마음도 없다. 계속 가야만 한다면 계속 갈 것이다. 갈바를 모르고 떠나지만 걱정할 것 하나 없다. 이미 나는 거기에 익숙하다.

　먼 길을 가다 보면 거친 들판에서 자야 하고, 비바람을 피할 수도 없을 것이다. 하지만 아무런 걱정도 되지 않는다. 같이 갈 사람도 필요 없다. 나의 길은 오직 내가 가야 한다. 당연히 힘들고 어려움이 많을 것이다. 하지만 전혀 두렵거나 겁나지도 않는다. 밤하늘에 반짝이는 나의 별이 나의 유일한 친구일테지만 그것으로 족하다. 잠도 푹 잤다. 아침이 되었다. 이제 그 먼 곳을 향하여 길을 나선다.

홀로 있음으로

예전의 나의 모습을 생각해 보면 무척이나 나약했던 것을 인정하지 않을 수 없다. 왜 그리 혼자 할 수 있는 것이 없었을까? 시간이 지나며 깨달은 것은 모든 것을 내가 하지 않으면 이룰 수 있는 것이 거의 없다는 것을 알았다. 주위의 많은 좋은 분들의 도움도 많았지만 결국은 내가 해결해야 끝이 났다. 내면의 강인함이 없이는 할 수 있는 것이 너무나 적었다.

나는 사람들을 바라지는 않는다. 아무리 가까운 사람일지라도 이제는 더이상 기대를 하지 않는다. 그리고 이제는 내가 모든 것을 다 해결하려 한다. 힘들고 어렵지만 도와줄 사람이 그리 많지 않다는 것을 안다. 내게 도움을 주는 사람에게 내가 그렇게 고마움을 느끼는 것은 이런 이유 때문이다.

서정윤 시인의 〈홀로서기〉에 다음과 같은 구절이 있다.

홀로 선다는 건
가슴을 치며 우는 것보다 더 어렵지만
자신을 옭아맨 동아줄, 그 아득한 끝에서 대롱이며
그래도 멀리, 멀리 하늘을 우러르는 이 작은 가슴.
누군가를 열심히 갈구해도
아무도 나의 가슴을 채워줄 수 없고
결국은 홀로 살아간다는 걸

한겨울의 눈발처럼 만났을 때
나는 또다시 쓰러져 있었다.
(중략)
누군가가 나를 향해 다가오면
나는 〈움찔〉 뒤로 물러난다.
그러다가 그가 나에게서 떨어져 갈 땐
발을 동동 구르며 손짓을 한다.
만날 때 이미 헤어질 준비를 하는 우리는,
아주 냉담하게 돌아설 수 있지만
시간이 지나면 지날수록
아파오는 가슴 한 구석의
나무는 심하게 흔들리고 있다.
떠나는 사람은 잡을 수 없고
떠날 사람을 잡는 것만큼
자신이 초라할 수 없다.
떠날 사람은 보내어야 한다.
하늘이 무너지는 아픔일지라도.
(중략)
나를 지켜야 한다
누군가가 나를 차지하려 해도
그 허전한 아픔을
또다시 느끼지 않기 위해
마음의 창을 꼭꼭 닫아야 한다.
수많은 시행착오를 거쳐 얻은
이 절실한 결론을
〈이번에는〉 〈이번에는〉 하며 여겨보아도

결국 인간에게서는
더이상 바랄 수 없음을 깨달은 날
나는 비록 공허한 웃음이지만
웃음을 웃을 수 있었다.
아무도 대신 죽어주지 않는 나의 삶,
좀 더 열심히 살아야겠다.
(중략)
나는 혼자가 되리라.
끝없는 고독과의 투쟁을
혼자의 힘으로 견디어야 한다.
부리에, 발톱에 피가 맺혀도
아무도 도와주지 않는다.
숱한 불면의 밤을 새우며
〈홀로 서기〉를 익혀야 한다.

　이제는 홀로 서는게 그리 어렵지 않다. 누군가 내 옆에 오래도록 있지
않을 것임을 너무나 잘 알기에 홀로 서지 않으면 아무 것도 할 수 없다.
그리하지 않으면 내 자신마저 지킬 수 없다.
　그 누구도 나의 편이 되어 주기를 기대하는 것은 어쩌면 욕심일지 모른
다. 내 가슴을 채워줄 수 있는 사람은 아무도 없다. 그래서 마음의 창문
을 닫을 수 밖에 없다. 하지만 나는 서정윤 시인처럼 열심히 살지는 않
으려 한다. 불면의 밤을 새우지도 않을 것이다. 나는 그럴 필요를 느끼
지 못한다. 그 이유는 더 바랄 것이 없기 때문이다. 그동안 열심히 살았
다. 불면의 밤도 새울 만큼 새웠다. 그것으로 충분한 것 같다.
　나는 그냥 맡기고 살려고 한다. 내 자신의 삶에도 내 스스로 그리 많이
관여하지 않을 생각이다. 여러 가지 삶의 모습들이 있겠지만 별 차이는

없다. 무언가를 하기보다는 무언가를 보고 싶다. 내 마음의 눈을 열어 그 동안 볼 수 없었던 것들을 볼 수 있기를 바란다. 그러기에 홀로 있음이 필요한 것은 아닐까 싶다. 이제는 마음의 문을 열 준비가 되어 있다.

살아진다

 영화 서편제는 오래되었지만 지금도 그 영화의 OST를 가끔 듣는다. 군대를 갔다 와서 대학 다닐 때 당시 과외하던 고등학교 남자애들 2명을 데리고 주말에 단성사에 가서 같이 보았던 것이 아직도 기억에 남는다. 영화가 마음에 와 닿아 아직도 그 날이 잊혀지지 않는가 보다.
 서편제 영화는 뮤지컬로도 만들어졌다. 그 뮤지컬에 〈살다 보면 살아진다〉라는 곡이 있다. 왠지 그 곡은 예전에 서편제를 보았던 아련한 추억과 함께 내 맘에 들어와 버렸다.

혼자라 슬퍼하진 않아
돌아가신 엄마 말하길
그저 살다 보면 살아진다

그 말 무슨 뜻인진 몰라도
기분이 좋아지는 주문 같아
너도 해봐 눈을 감고 중얼거려

그저 살다 보면 살아진다
그저 살다 보면 살아진다

눈을 감고 바람을 느껴봐

엄마가 쓰다듬던 손길이야
멀리 보고 소리를 질러봐
아픈 내 마음 멀리 날아가네

소리는 함께 놀던 놀이
돌아가신 엄마 소리는
너도 해봐
눈을 감고 소릴 질러

그저 살다 보면 살아진다
그저 살다 보면 살아진다

눈을 감고 바람을 느껴봐
엄마가 쓰다듬던 손길이야

멀리 보고 소리를 질러봐
아픈 내 마음 멀리 날아가네

　운명에 인생을 맡기는 것은 어쩌면 슬픈 것일지 모른다. 하지만 그럴
수 밖에 없을 만큼 아팠던 사람은 그것이 최선이 아니지만 다른 선택지
가 없다는 것을 뼈저리게 알고도 남는다.
　원했던 것을 얻지 못해도, 진심으로 피하고 싶었던 일이 다가오더라도
실망할 필요가 없다. 살다 보면 다 지나가고 살려고 하지 않아도 살아지
게 된다.
　이 세상엔 완벽한 사람도 없고 완벽한 인생도 없다. 더 중요한 것은 지

금 내가 가지고 있는 것이라도 소중히 여겨야 하는 것이 아닐가 싶다. 내가 할 수 없는 것, 가질 수 없는 것을 아무리 원한다 해도 나에게 올리는 없다. 떠나보낼 건 떠나보내고, 정리할 건 정리하면 된다. 더 좋은 것이 기다리고 있을지, 아니면 더 나쁜 것이 기다리고 있을지는 모른다. 하지만 지나간 것도, 다가올 것도 생각할 필요가 없다. 내가 있는 이 자리에서 그냥 내가 할 일을 하며 지금 내 주위의 있는 사람과 따뜻하게 살면 그것으로 충분하다.

이제는 나도 살아가기보다는 살아져가는 것을 선택하고 있는 듯 하다. 그런데 이상하게도 그렇게 하는 것이 오히려 마음이 편하고, 삶의 평화로움을 느끼는 것은 무슨 이유일까? 내가 약자여서 그런 것일까? 내가 할 수 있는 것이 거의 없어서일까?

적극적인 삶을 사는 분은 이러한 삶을 비판할지 모른다. 하지만 나는 이제 적극적인 삶을 살만한 여유가 없다. 그냥 살아지는 대로 살 수 밖에 없는 그런 나의 모습에 오히려 만족한다. 나에게는 이제 할 수 있는 것이 별로 없을 것이다. 그래도 괜찮다. 살아있음만으로도 감사하기 때문이다.

Epiphany

제임스 조이스의 소설 〈더블린 사람들〉에서 보면 살아가는 삶의 과정에서 특별하게 다가오는 어느 한순간을 에피퍼니(epiphany)라 이야기한다. Epiphany란 종교적으로는 신의 존재가 우리가 있는 현세계에 드러나는 것을 말하지만, 일상적으로는 어떤 깨달음을 뜻한다. 단순한 깨달음이 아닌 중요한 깨달음으로써 그로 인해 그의 삶이 변화됨을 의미한다. 이 책은 단편을 모아 놓은 것인데 각 소설의 주인공은 여러 가지 삶을 살면서 수많은 갈등을 겪으며 에피퍼니의 순간을 경험하여 새로운 세계로 나아가게 된다.

이 작품 중 〈죽은 자〉에서는 남자 주인공이 여자 주인공의 마음 속에 옛 애인이 자리 잡고 있음을 알았을 때 충격을 받지만, 서로 간의 결혼 생활에 열정이 없었고 자신은 허수아비 같았던 것을 깨달은 후 자신을 돌아보며 진정한 결혼 생활에 이르게 되는 이야기이다. 만약 그러한 에피퍼니의 순간이 없었다면 그 이후의 결혼 생활도 아무 의미 없는 시간 낭비였을 것이다.

삶은 에피퍼니의 순간이 많을수록 더 성장된 모습의 자아가 될 수 있을 것이다. 아무런 변화 없이 관성이나 타성에 젖어 살다 보면 항상 그 자리에서 예전의 그 모습으로 살 수 밖에 없다.

듀에인 슐츠가 쓴 〈성장심리학〉의 책에 보면 성숙한 사람의 한 모형으로서 올포트의 모형을 제시한다.

"자기 자신에 대한 올바른 자각에는 그 사람이 자기를 어떻게 생각하고 있으며 실제의 자기는 어떤 사람인가의 관계에 대한 통찰력이 필요하다. 이 두 개념간의 연관성이 가까울수록 개인의 성숙도는 커지게 된다. 또 다른 중요한 관계는 그 사람이 자신을 어떻게 생각하는가와 다른 사람은 그를 어떻게 생각하는가의 차이이다. 건강한 사람은 자기 자신의 객관적인 영상을 형성하는 데 다른 사람의 의견에 개방적이다."

이는 한마디로 자신을 객관화시킬 수 있느냐에 따라 보다 나은 모습으로 성장해 갈 수 있다는 의미이다. 자신을 정당화시키는 것과 객관화시키는 것은 커다란 차이가 있다. 정당화는 어쩌면 자기 변명에 불과할 수 있으며 비겁한 행동일 수 있다. 정당화에 능할수록 자신의 성장에 방해만 될 뿐이다. 용기를 내어 그 정당화를 털어 버리고 객관화의 길로 가지 않는 이상 더 나은 모습으로 나아가는 것은 어려운 일이다.

보다 나은 모습의 나로 변화되길 원한다면 에피퍼니의 순간이 필요하다. 또한, 스스로 그런 순간을 더 많이 가질 수 있도록 노력해야 할 필요가 있다. 그러기 위해서는 깨어 있어야 한다. 내 자신을 객관적으로 볼 수 있는 눈이 없는 한 그것은 불가능하다. 만약 현재 내가 가지고 있는 인식의 프레임을 벗어나지 못한다면 그러한 순간을 느끼기에 너무나 부족할 것이다. 내가 가지고 있는 색안경을 벗고 그 틀을 벗어나야 내가 볼 수 없었던 것을 볼 수 있을 것이다.

요즘엔 왠지 불가능하겠지만 매일을 살아가는 일상 속에서 나에게도 에피퍼니의 순간이 많이 있으면 좋겠다는 생각을 한다. 매일 반복되는 일상에서 너무 할 일도 많고 신경써야 할 것도 많아 지치고 힘든 날들이 연속되다 보니 나는 너무 게을러진 것 같다. 정신없이 지나간 시간 속에서 보다 더 중요했던 순간들이 많았을 텐데 그러한 순간들을 다 놓쳤는지도 모른다. 아니, 오늘도 나에게는 에피퍼니의 순간이 있었을지도 모른다. 그 순간이 있었음에도 불구하고 나의 눈과 귀는 어두워 그 순간을 놓쳤던 것은 아닐까?

원망을 버리고

나에게 일어나는 일은 대부분 나로부터 비롯되는 것 같다. 행복도 나의 마음먹기에 달린 것이고, 고통도 나로 인해 생기는 것이 아닐까 싶다. 나를 둘러싼 주위를 내가 어떻게 할 수는 없지만, 그로부터 받는 영향은 내가 조절해야 한다. 주위의 영향을 받지 않고 올곧이 내가 바로 설 수 있을 때 비로소 자유를 얻을 수 있을 것이다.

다른 사람이나 주위를 원망하는 것은 어찌보면 내가 약하기 때문일지도 모른다. 이제 모든 원망을 다 떨쳐 버리기로 했다. 왜냐하면 그러한 일들이 나로 인한 것이기 때문이다. 나에게 아픔이 오는 것도 내가 못나서 그런 것이다. 이제 그런 것으로부터 자유로와야 할 때가 된 것 같다.

내가 지혜롭지 못했기에 주위를 원망했다. 내가 못났기에 나의 환경과 싸워 왔다. 이제 원망할 일도 싸워야 할 이유도 찾을 수 없다. 모든 것이 나로 비롯되었기 때문이다.

봄이 가는 길목에서 오랜만에 마음이 바쁘지 않은 오늘 갑자기 김수환 추기경의 시가 생각났다. 나는 천주교인은 아니지만, 김수환 추기경이 살아계실 당시 명동 성당에 자주 갔다. 지하철 4호선을 타고 명동역에서 내려 천천히 길을 걸으며 명동 성당에 올라가곤 했다.

김수환 추기경의 시 〈남은 세월이 얼마나 된다고〉 는 다음과 같다.

가슴 아파하지 말고
나누며 살다 가자

버리고 비우면
또 채워지는 것이 있으리니
나누며 살다 가자

누구를 미워도
누구를 원망도 하지 말자

많이 가졌다고 행복한 것도,
적게 가졌다고 불행한 것도 아닌 세상살이

재물 부자이면 걱정이 한 짐이요
마음 부자이면 행복이 한 짐인 것을
죽을 때 가지고 가는 것은
마음 닦는 것과 복 지은 것뿐이라오.

　내가 가슴이 아팠던 것은 내가 나누지 못했기 때문이다. 나의 마음이 그리 넉넉하지 않아 많은 것을 포용하지 못했다. 내가 생각해 온 것으로 나의 길을 달려만 왔기 때문이다. 그로 인한 모든 것이 나의 책임이다. 따라서 나는 다른 것을 원망할 자격도 없다. 이제 내 마음 깊은 곳에 숨어 있는 원망까지 모두 털어버릴 때가 왔다.
　누구를 미워하는 것도 나로 인함이다. 나의 마음이 아직 닦아지지 않아서다. 그로 인해 내 스스로 무거운 짐을 짊어지고 가고 있었던 것 같다. 이제 그 짐을 하나씩 내려 놓고 가벼운 발걸음으로 가야한다.
　다툼도 내가 못났기 때문이다. 내가 지혜로왔다면 그리 하지 않았을 것이다. 원망을 했던 것은 다른 것이 못마땅해서 그리 했던 것인데, 그 기준이 나였기 때문이다. 나의 기준이 틀린 것도 모르고 거기에 다른 것을 맞추려 했던 것이다. 이제 원망을 해야 한다면 내 자신만을 원망해야 할 것이다.

이제 원망을 다 버리고 감사하며 살아가고 싶다. 그게 쉬운 일이 아니지만, 지금 내가 가지고 있는 것만으로도 충분히 감사할 수 있다. 어차피 아무것도 없이 떠나야 할 삶인데 더 많은 것을 가지려 노력해봤자 짐만 늘어날 뿐이다.

나의 운명도 원망하지 않기로 했다. 그 운명을 그냥 다 받아들이고 감사하려 한다. 그것이 나의 존재의 원천일지도 모르기에 다 포용하려 한다.

봄이 가고 있다. 유난히 버거운 봄이었다. 원망을 버리기로 하니 무더운 여름도 봄처럼 지낼 수 있을 것 같다. 모든 것은 나의 마음에서 비롯되므로.

어느 물리학자의 죽음

퍼시 브리지먼은 1882년 미국 매사추세츠주 캠브리지에서 태어났다. 그는 1908년 하버드 대학에서 실험물리학으로 박사를 받고 1910년부터 이 학교에서 교편을 잡았다. 그는 아주 높은 압력 상태하에서의 물질의 성질이 어떻게 변하는지에 대해 주로 관심이 많았다. 대기압보다 10만 배 정도 되는 압력하에서 물질의 압축률, 열 및 전기 전도도를 100개 이상의 물질에 대해 연구하였다. 이런 과정에서 그는 초고압 압축기를 제작하는데 성공하였다.

초고압 상태에서의 물성을 연구한 공로로 그는 1946년 노벨 물리학상을 받았다. 그는 말기 암으로 고통을 받으면서도 79세가 될 때까지 연구를 멈추지 않았다. 1961년 그는 자신의 마지막 책을 완성하고 나서 유서를 남긴 채 권총으로 자살했다. 당시 미국 의학계에서는 안락사 문제가 의학윤리에 있어서 논쟁이 시작되고 있었던 때였다. 그는 유서에서 다음과 같이 말한다.

"이렇게 자신의 생명을 직접 거두도록 만드는 사회는 온당하다고 할 수 없다. 나 자신에게 이렇게 할 수 있는 힘도 오늘이 지나면 남아 있을 것 같지 않다."

노벨물리학상까지 받은 그는 화려한 그의 인생을 왜 권총으로 끝을 냈을까? 그는 말기암의 고통을 느끼며 더 이상의 희망이 없다는 것을 알고 병원 관계자에서 차라리 목숨을 끊게 해달라고 부탁을 하였지만 당시 사회는 그것이 허용되지 않았다. 어쩌면 그는 그의 마지막 길마저 자신의 존엄을 지키고자 노력한 것이 아닌지 모른다.

그는 죽기 전 지인들에게 자신의 의도를 얘기했으며, 자신이 그 일을 스스로 수행해야만 하는 것에 대해 한탄했다고 한다. 말기암이라는 고통 속에서 심신이 약해져 가는 것을 느낀 그는 그러한 이유로 스스로 목숨을 끊는 길을 택했다.

요즘 병원엘 자주 가다 보다 많은 환자들을 직접 볼 수 있었다. 상상을 해봤다. 내가 만약 갑자기 어떤 병이 들어 치료가 불가능한 상태에 이르면 어떻게 될까? 거동도 할 수 없고 인공호흡기에 의지해야 하며 기관 삽관까지 해야 한다면? 그러던 중 갑자기 상태가 안 좋아져서 CPR를 하게 된다면? CPR를 하다 보면 갈비뼈가 다 부러질 텐데 그 뼈가 다시 붙기나 할까? 상황이 더 나빠져 내가 가족도 알아보지를 못하고 내가 누군지도 알 수 없는 상태까지 된다면 어떤 일들이 벌어질까?

퍼시 브리지먼은 그러한 상황을 원하지 않아 자신의 힘으로 그 길을 결정했는지도 모른다. 어떤 경우에는 살아있다는 것 자체가 고통일지도 모른다. 스스로 자신을 위하여 전혀 아무것도 할 수 없는 상황에서 더 이상의 치료의 희망도 없다면 편하게 마지막을 정리하는 것이 더 나은 건지도 모른다. 아직 나는 나이가 그리 많지는 않지만 만약 그러한 상황이 된다면 아마 나도 퍼시 브리지먼처럼 그러한 선택을 하게 될지도 모른다는 생각이 드는 이유는 무엇일까? 내가 원해서 온 이 세상은 아니지만 가는 길이라도 내가 선택할 수는 없는 것일까? 그동안 힘들게 살아왔으니 가는 길이라도 편한 게 갈수는 없는 것인지. 아직은 잘 모르겠지만.

꼬마 굴뚝 청소부

산업혁명 이후 당시 공장이나 가정에서의 굴뚝 청소는 4~10세의 가난한 남자 어린아이들이 하는 것이 보통이었다. 초기 산업 혁명시대의 굴뚝은 구멍이 불규칙하게 구부러진 형태였고, 수직으로 뻗어 있는 맨 꼭대기에 이르기 전에는 수평으로 뻗어 있었다. 이러한 불규칙한 굴뚝의 구조로 인해 굴뚝 내부에는 홈과 평평한 부분이 많아 그곳에 새카만 검댕이 엄청 많이 쌓일 수 밖에 없었다. 이로 인해 어린 굴뚝 청소부들은 너무나 쉽게 다쳤으며, 상처 부위엔 오염 물질덩어리인 검댕이 파고들었다.

꼬마 굴뚝 청소부들은 벽돌 틈새에 검댕이 가득한 굴뚝을 오르 내릴 때, 옷조차 입지 않고 거의 발가벗은 상태에서 작업을 해야만 했다. 옷이 작업 속도를 더디게 하기에 고용주는 어린아이들에게 옷을 입히지 않은 채 굴뚝 청소를 시켰다. 따라서 벌거벗은 온몸에 그 많은 검댕이 전부 달라붙을 수 밖에 없었다.

더 큰 문제는 그 아이들이 대부분 가난한 집안 출신이어서 몸을 씻는다는 개념조차 없어서, 일을 다 마친 후에도 몸에 검댕이 묻어 있음에도 불구하고 그냥 잠자리에 들었다. 그리고 다음 날 아침 일어나 똑같은 일을 반복해가며 살아갔다.

그렇게 몇 년이 지나면 꼬마 굴뚝 청소부들은 의례히 병에 걸리기 일쑤였다. 굴뚝 내 검댕은 암을 유발시키는 심각한 오염물질이기때문에 10대의 어린 나이에도 불구하고 죽음의 질병과 마주할 수 밖에 없었다. 특히 어린 남자 아이들의 음낭과 사타구니에 끼인 타르성분은 치명적인 역할을 해서 사춘기 남자 아이들에게 고환암을 유발시켰다. 이 암세포들은 정자관을 통해 복부에까지 타고 올라가 내장의 정상 세포들을 다 파괴해 버렸다.

어린 굴뚝 청소부의 고환암 수술은 실로 끔찍했었다. 당시엔 마취제가 개발되기 전이었기에 수술대 위에서 참을 수 없는 고통으로 소리지르는 아이들을 고정시키기 위해 손발을 수술대에 꽁꽁 붙잡아 묶는 것으로도 모자라 덩치가 큰 성인 남자가 수술하는 의사옆에서 아이의 온몸을 붙들어야만 했었다. 사춘기 소년의 고환과 음낭 반을 잘라내면 유난히 핏줄이 많이 모여 있는 그곳엔 피가 철철 흘러내릴 수밖에 없었다. 그 피를 멈추게 하기 위해 시뻘겋게 달군 인두로 고환을 지져 태웠다. 예민한 사춘기 소년에게는 이 수술은 고환만 잘라낸 것이 아닌 남성으로서의 정신마저 빼앗아 버린 건지도 모른다.

하지만 그러한 수술에도 불구하고 암세포의 독성은 다른 쪽 고환에도 전이되고, 그 전이는 결국 내장과 내분비선에까지 이어져 꼬마 굴뚝 청소부 아이들은 20세를 전후로 사망하는 경우가 많았다.

산업혁명 이후 공장과 가정의 굴뚝이 점점 많아지면서 더 많은 꼬마 굴뚝 청소부가 필요했고, 이로 인해 점점 더 많은 수의 아이들이 죽어나가자 나중에야 그 심각성을 깨닫고 영국 의회는 18세 이하의 아이들은 굴뚝 청소부가 될 수 없는 조항과 함께 모든 소년들이 1주일에 한번씩 의무적으로 목욕을 해야 하는 법령을 공포했다.

가만히 생각해보면 어쩌면 나는 우리 아이들을 굴뚝 청소부로 고용한 고용주였는지 모른다. 그 굴뚝은 다름 아닌 우리 사회가 만들어 놓은 공부와 대학 그리고 직장이라는 시커먼 검댕으로 가득한 굴뚝이다. 아무 생각없이 다른 사람들이 하는 것을 따라서 아이들이 힘들고 어려운 것은 생각하지 않은 채 그런 굴뚝에 몰아넣고 일종의 청소를 시켰는지 모른다. 산업혁명 당시 공장의 굴뚝에서 일하는 어린아이들이나 현 사회에서 공부와 대학이라는 굴뚝 속에서 힘들게 지내야 하는 우리 아이들은 별반 차이가 없는 것 같다.

힘들고 지쳐도 계속해서 공부를 시킬 수 밖에 없었던 나는 돌이켜 보건대 악덕 고용주임에 틀림없다. 주말도 없이 휴식도 없이 책상에 앉아 책만 보면 다 되는 줄 알았던 지난 시간들이 너무나 후회스럽다. 무엇을 얻겠다고 나는 그런 검댕이 가득한 굴뚝으로 우리 아이들을 몰아넣었을까? 그 굴뚝에서 나오고 싶어하는 것을 보고도 계속 머무르면서 청소나 하라고 밖에서 지켜 보던 내 모습은 어찌 보면 욕심으로 가득찬 고용주와 하나도 다를 바 없다.

이제 나는 그 고용주의 자리에서 내려오려 한다. 이제야 그런 것을 깨달은 것이 너무 가슴 아플 뿐이다. 앞으로는 우리 아이들이 밝고 따스한 햇볕을 받으며 맑은 공기를 마시며 살아가길 두손 모아 기도할 뿐이다.

이휘소 박사에 대한 진실

이휘소박사는 1935년에 태어났다. 어릴 때부터 수재였던 그는 1947년 경기중학교에 입학해서도 특출나게 공부를 잘했던 것으로 알려진다. 1950년 한국전쟁이 일어나자 그의 가족은 마산으로 피난을 갔고, 1951년 경기중학교가 부산에 천막교실을 개설하자 마산에서부터 부산까지 통학을 하며 공부를 했다. 2년 후 그는 검정고시를 치르고 대학입학 자격을 얻은 후 1953년 서울대학교 공과대학 화학공학과에 입학한다.

대학에 입학한 후 전공이었던 화학공학보다 물리학에 더 관심을 갖게 되면서 학교측에 전과를 요청했으나, 공과대학에서 문리과대학으로의 전과는 불가하다는 학교측의 답변을 받는다. 이에 그는 미국으로의 유학을 결심하여 1955년 오하이오주 옥스퍼드(Oxford)에 있는 마이애미 대학(Miami university) 물리학과 학부과정으로 편입한다(플로리다 주의 휴양도시에 있는 대학은 Universty of Miami이다).

벤자민 프랭클린의 자서전을 읽고 프랭클린을 좋아했던 그는 그의 영어 이름을 'Benjamin Whisoh Lee'로 지었다. 학부를 졸업하고 펜실베니아주에 있는 피츠버그 대학교(University of Pittsburgh) 석사과정으로 입학한다. 1957년 중국인 양전닝과 리정다오가 대칭성 파괴 이론으로 노벨물리학상을 받은 것을 보고 자극을 받아 물리학에 매진하게 된다. 석사과정을 마친 후 펜실베니아 대학교(University of Pensylvania)에서 박사과정을 시작한다. 그리고 1960년 그는 〈K+ 중간자와 핵자 산란 현상의 이중 분산 관계〉라는 논문으로 박사학위를 받는다.

박사학위를 마친 후 한국으로 귀국하려 하였으나 당시 군사쿠데타로 정권을 잡은 군사정부에 회의를 품고 마음을 바꾸어 1961년 프린스턴에 있는 고등과학연구소(The Institute for advanced study)로 자리를 잡는다. 이 연구소는 아인슈타인이 여생을 보냈던 곳으로 세계 최고의 석학들이 모이는 곳으로 유명하다.

이휘소박사의 전공분야는 입자물리학 이론이다. 그의 주된 연구과제는 양-밀스 게이지 장론(Yang-Mills gauge field theory)이다. 1967년 스티븐 와인버그(Steven Weinberg)는 이 분야에서 중요한 논문을 발표한다. 흔히 Weinberg model이라 불리는 것으로 전자기력과 약력을 통합할 수 있는 이론이었다. 와인버그는 이 이론으로 1979년 노벨 물리학상을 받는다.

하지만 와인버그 모형에서는 이론에서 중요한 요건 중에 하나인 재규격화를 해결하지 못했다. 와인버그 모형의 중요성을 직감한 이휘소 박사는 1972년 범함수 방법을 이용해 와인버그 모델의 재규격화에 성공한다. 아마 이휘소 박사의 가장 큰 업적이라면 이 논문일 것이다.

이휘소 박사는 1933년 생이었던 와인버그와 함께 〈무거운 뉴트리노 질량의 우주론적 최소 경계치〉라는 논문을 쓰기도 했다. 이 논문에서 그들은 초기 우주의 팽창의 흔적으로 쌍소멸을 통한 무겁고 안정적인 입자가 있을 것이라 예측하였다. 이 입자를 흔히 윔프(WIMP, Weakly Interacting Massive Particles)라 한다. 이 논문은 1977년 7월에 피지컬 리뷰 레터스(Physical Review Letters)에 실렸고, 이휘소 박사의 유작이다.

이휘소 박사는 1970년 프랑스 코르시아의 여름 학교(summer school)에서 '비대칭 역학(Chiral Dynamics)'에 대한 강의를 하였는데, 이 강의를 듣던 트후프트('t Hooft)는 이 강의에서 중요한 아이디어를 얻어 그의 지도교수였던 벨트만(Veltman)과 함께 '비가환 게이지 이론의 재규격화"에 성공한다. 하지만 그 이론은 너무 난해해서 통용되지는 않았다.

후에 이휘소 박사의 방법을 통해 트후프트와 벨트만의 방법론은 인정을 받았으며 트후프트와 벨트만은 이 업적으로 1999년 노벨 물리학상을 받는다.

이휘소 박사의 연구 성과가 빛을 발하면서 1973년 그는 시카고 교외에 있는 페르미국립입자가속기 연구소의 이론물리학 부장으로 자리를 옮긴다. 여기서 그는 1974년 참(Charm) 쿼크의 질량을 예견한 〈참 쿼크의 탐색〉이라는 논문을 발표한다. 그리고 얼마 후 브룩크헤븐(Brookhaven) 가속기 연구소의 새무얼 팅(Samuel Ting) 그리고 스탠포드 선형입자 가속기 연구소의 버튼 리히터(Burton Richter)는 이휘소 박사의 예상과 맞는 제이/프사이 입자를 발견하게 되고, 이 두 사람 또한 1976년 노벨 물리학상을 받는다.

1974년 서울대는 과학분야 대학원 발전을 위해 당시 500만 달러를 빌리는 사업을 추진한다. 이 사업의 타당성을 위해 이휘소 박사는 평가위원으로 한국을 방문한다. 이때 열악한 환경에서도 과학분야에서 애쓰는 한국인 과학자들의 실상을 보고, 그는 한국의 과학발전을 위해 조그마한 힘이라도 보태려 결심한다. 미국으로 돌아간 그는 당시 유명한 물리학자들을 서울대로 초빙해 물리학 여름 학교를 여는 사업을 추진하였고, 1978년 여름부터 시작하려 하였다.

하지만 1977년 6월 이휘소 박사는 일리노이주 고속도로에서 자동차 사고로 세상을 떠난다. 1978년 그가 추진했던 여름 학교는 한국 최초의 입자물리학 국제대회인 '이휘소 추모 소립자 물리학 심포지움'으로 대체되었다. 당시 한국물리학회는 이휘소 박사에게 훈장추서를 건의하였고, 사후에 이휘소 박사는 국민훈장 동백장을 수훈한다.

흔히 이휘소 박사가 박정희 대통령 당시 미국 카터대통령의 주한미군 철수에 대비하여 우리나라 자체의 핵무기 개발의 핵심 역할을 했다고 하지만 그건 소설의 내용에 불과하다.

이휘소 박사의 전공분야는 입자물리학의 게이지이론이다. 소립자이론은 핵무기 개발과 전혀 무관한 분야이다. 핵무기 개발의 핵심은 무엇보다도 핵연료 농축과 관련한 제작공정과 관련된 기술이다. 입자물리학 이론의 전공자가 이러한 것을 해결한다고 하는 것은 소가 지나가다가 웃을 일이다. 단순한 작가의 소설적 상상일 뿐이다. 실제로 이휘소 박사는 생전에 한국의 핵무기 개발에 반대했고 박정희정부에 대해서도 비판적이었다. 1971년 한국과학원(KIST)에서 이휘소 박사를 물리학 여름 학교를 위해 도움을 요청하였으나 그는 이 제의를 거절했다.

그의 죽음은 단순한 교통사고였다. 1976년 6월 16일 오후 1시경, 이휘소 박사가 일리노이 주의 고속도로를 가족과 함께 운전하던 중, 다른 차선에서 가던 대형 유조차가 타이어가 터진 후 통제불능 상태에서 미끄러지면서 이휘소 박사가 운전하던 차를 덮쳤다. 이로 인해 이휘소 박사는 현장에서 즉사하였고 가족들은 중상을 입었다. 그는 한국에서 죽은 게 아니다.

또한 이휘소 박사가 받은 훈장은 국민훈장 동백장이다. 동백장은 3등급에 해당하는 훈장이다. 만약에 이휘소 박사가 미군 철수에 대응한 한국의 자주국방의 일환으로서 핵무기 개발의 핵심적 역할을 했다면 국민훈장 중 최고등급인 무궁화, 아니면 2등급인 모란장 정도가 마땅하다. 훈장이 주어졌을 당시에도 이휘소 박사의 아내였던 중국계 말레이시아인 심만청(미국명 Marianne) 씨는 이휘소 박사가 훈장을 원하지 않을 것이라 생각하여 한국 초청을 거부하는 바람에 이휘소 박사의 모친이 대신 훈장을 받았다고 한다.

이휘소 박사는 1955년 미국으로 건너가 1977년까지 20년 넘게 살았다. 그리고 1968년 그는 미국으로 귀화했다. 미국에서 태어나면 이중국적이 인정되지만, 그렇지 않을 경우 미국 국적을 취득하기 위해서는 원래 국적을 스스로 포기해야 가능하다. 그렇지 않을 경우 미국 정부는 미국 국적 즉 시민권(US citizenship)을 부여하지 않는다. 이휘소 박사는 가족을 위해서인지 다른 이유에서인지 모르지만 한국 국적을 포기하고 미국 시민권을 획득한 경우이다. 미국 시민권을 가진 미국 국적자가 한국의 핵무기 개발을 위해 모든 것을 바쳤다는 것은 소설이니까 가능한 이야기이다. 만약 그가 노벨상을 수상했다면 한국인의 노벨상 수상이 아닌 한국출신의 한국계 미국인의 노벨상 수상이다.

이휘소 박사의 죽음에 대한 의혹과 루머는 1989년 공석하씨가 쓴 〈핵물리학자 이휘소〉라는 책에서 시작된다. 하지만 이 책 제목부터가 문제이다. 이휘소박사는 핵물리학자가 아닌 입자물리학자이다. 핵물리학자와 입자물리학자는 전공분야가 틀리다. 피아니스트를 바이올리니스트라고 하는 것과 다를 바 없다. 이 책에 대해 이휘소 박사 유족이 반발하자 저자는 다시는 출판하지 않겠다고 유족들과 약속하지만, 1993년 김진명씨가 쓴 〈무궁화 꽃이 피었습니다〉라는 소설이 큰 인기를 끌자 그 약속을 깨고 〈소설 이휘소〉라는 제목으로 다시 출판을 했다.

소설 〈무궁화 꽃이 피었습니다〉에서 이휘소 박사는 이용후라는 주인공의 이름으로 묘사되는데, 서울 북악스카이웨이에서 삼청동 '삼원각'으로 가는 도중 조직폭력배 두목에 의해 교통사고를 가장한 살인으로 죽게 되는 것으로 나타난다. 즉 서울에서 죽은 사람은 이휘소박사가 아닌 소설에서 만들어진 주인공 '이용후'일 뿐이다.

또한 이 소설에서 이용후는 제3공화국 당시 핵무기 개발계획을 위해 핵무기 설계도를 그의 다리뼈에 숨겨서 한국으로 들어왔다고 서술되어 있다. 1970년대 당시 어떻게 사람 다리뼈에 핵무기 설계도를 숨길 수 있는지 아무리 첨단기술이라 할지라도 이해를 할 수 없다. 이는 단순한 작가의 소설적 상상일 뿐이다.

지식은 정확해야 한다. 루머는 루머일 뿐이며 아무런 의미가 없다. 소설은 작가의 상상력을 동원한 이야기이다. 소설을 읽고 재미있었다면 그것으로 만족하면 된다. 그 이상도 그 이하도 아니다. 사실은 거짓말을 하지 않는다.

Renormalization of gauge theories—unbroken and broken

Benjamin W Lee

Physical Review D 9 (4), 933, 1974

A comprehensive discussion is given of the renormalization of gauge theories, with or without spontaneous breakdown of gauge symmetry. The present discussion makes use of the Ward-Takahashi identities for proper vertices (as opposed to the identities for Green's functions) recently derived. The following features of the present discussion are significant:(1) The present discussion applies to a very wide class of gauge conditions.(2) The present discussion applies to any gauge group and any representation of the scalar fields.(3) The renormalized S matrix is shown to be gauge-independent.(4) Dependence of counterterms on the gauge chosen is discussed.

어머니가 퇴원한 후

부모란 무엇일까? 나에겐 부모님과 함께 할 시간이 얼마나 남아 있을까? 나는 이제껏 부모님을 위해 무엇을 해왔을까? 무엇을 위해 그 오랜 시간 객지생활을 하며 부모님과 떨어져 살았을까? 그 누가 부모님만큼 나를 생각해 주는 사람이 있을까?

작년 말부터 생각지도 못한 커다란 일들이 짧은 기간에 쓰나미처럼 덮쳐 왔다. 불행은 한꺼번에 온다는 말이 맞는가 보다. 건강하셨던 부모님이 세월의 힘을 견디지 못했다. 아버지 전립선암 수술, 아버지 뇌출혈, 그리고 어머니 대장암 수술, 지난 가을부터 시작된 풍파에 정신을 차릴 수 없었다.

어머니가 퇴원하고 2주가 지났다. 그래도 최악의 경우는 넘기고 큰 고비도 무사히 지나간 것 같다. 어머니 수술후 치료를 위해 서울대병원을 다시 방문했다. 수술 전 예상은 대장 25cm 정도를 절제할 예정이었으나 수술 도중 생각보다 종양이 커서 38cm를 절제하고 이어 붙였다고 수술하신 선생님이 말씀해 주셨다. 직장암이었지만 다행히 항문은 살릴 수 있었다. 림프절 35개를 제거했는데 그 중 6개가 양성판정이 나와 다음 주부터 6개월간 항암치료를 받기로 선생님과 상의했다. 연세가 80이라 좀 힘들겠지만 치료를 잘 받아야 한다고 의사 선생님이 말씀해 주셨다. 나는 사실 집도한 의사 선생님을 믿었다. 그리고 걱정했던 인공항문이나, 장루도 하지 않게 된 것만으로도 얼마나 감사한지 몰랐다. 심적으로 의사선생님이 너무 고마워 뭐라도 해드리고 싶었다. 고민하다 드릴 것도 없어서 그냥 내가 쓴 수필집에 편지를 정성껏 써서 감사를 표시하고 드렸다.

사실 아버지 뇌출혈 때문에 집에 아버지 혼자 내버려두는 것이 마음에 걸려 청주에 있는 병원에서 수술을 하려고 했다. 마침 수술 전 친구가 큰 병원에 가서 수술을 하는 것이 더 낫지 않겠느냐는 조언을 해주었다. 그 말 한마디가 정말 큰 역할을 했다. 그 친구의 말이 없었더라면 아마 더는 생각없이 그냥 청주에서 수술을 했을 것이다. 그 친구의 말이 마음에 계속 남아 과감하게 서울대 병원으로 가서 수술을 한 것이 지금 생각해 보면 너무 다행이었던 것 같다. 그 친구는 초등학교때부터 허물없이 지냈고, 지금은 남편이 의사라서 의학에 대한 지식도 많이 있어 그런 조언을 해주었다. 남의 일이라 생각하지 않고 진심어린 조언을 해 준 그 친구가 너무 고마울 뿐이다.

이제 다음 주부터 어머니는 항암 치료를 시작해야 한다. 퇴원 후 많이 드시지를 못하셔서 체력이 약해지셨는데 항암치료 받기 전까지라도 좀 많이 드실 수 있게 해드려야겠다. 어머니는 강하시기 때문에 힘들겠지만 치료를 받을 것으로 생각된다.

어머니가 체력이 회복되시고 치료도 어느 정도 받으시면 두 분을 모시고 며칠만이라도 제주도에 다녀오려 한다. 내년에 두 분이 결혼하신지 60년이 되시는데 그 기념을 조금 당겨 축하해 드리고 싶다. 체력이 더 약해지시면 내년엔 아마 그것도 힘들 것 같아서다. 그리고 아마 두 분과 함께 비행기를 탈 수 있는 기회가 앞으로 그리 많지 않을 것 같아서 올해에 다녀와야겠다는 생각이 든다. 예전에 미국에서 공부할 때 두분이 함께 다니러 몇 번 방문하셨다. 그 때 비행기 타고 오시는 것을 무척이나 좋아하셨던 기억이 난다. 제주도는 먹을 것도 많고 풍경도 좋으니 좋은 추억으로 남을 것 같다.

만나면 헤어지는 것이 사람의 인연이지만, 부모님과는 정말 오랜 세월을 함께 할 수는 없는 것일까? 주어진 시간이 너무 많지 않을 것 같아 마음이 그리 좋지 않다. 나는 지나온 시간들을 어떻게 살아왔던 것일까? 나름 열심히 산다고 했지만, 의미 없었던 시간과 후회되는 시간들로만 가득한 것 같아 안타까울 뿐이다. 돌이킬 수 없는 순간들, 속상한 시간들만 기억에 남을 뿐이다.

　이제 부모님과 함께 할 수 있는 시간들이 얼마나 남아있는지 나는 모른다. 후회하지 않을 수는 없겠지만 나름대로 부모님을 위해 나의 시간들을 바치고 싶다. 내 친구가 나에게 한 말이 있다. 그래도 아직 부모님이 살아 계신 것 만이라도 행복한 것이라고. 그 친구의 부모님은 두 분 모두 30년 전에 돌아가셨다. 그 친구의 말이 맞다. 나는 행복하다. 아직 두 분이 살아계시기에.

수술하시기 전의 모습

가우스와 수학적 난제

　18세기와 19세기에 있어 가장 뛰어난 수학자라고 한다면 가우스를 꼽을수 있을 것이다. 그의 아버지는 고집이 세고 교육적 식견이 없는 육체노동자였다. 불우한 환경에도 불구하고 그의 재능은 워낙 뛰어나 18세에 괴팅겐 대학에 들어가 본격적인 수학연구에 매진했고, 이른 나이에 그의 잠재력은 꽃을 피웠다.

　그는 박사학위 논문을 쓰면서 그의 가장 위대한 업적이라고 할 수 있는 '대수학의 기본 정리'를 증명하였다. 수학에는 '기본정리'라 이름이 붙은 것이 몇 개 있다.

　첫째, '미적분의 기본정리'가 있는데 이는 다음과 같다.
"어떤 함수를 적분한 후 다시 미분하면 원래의 함수가 되고, 반대로 어떤 함수를 미분한 것을 다시 적분하면 원래의 함수와 같은 형태가 된다."

　둘째, '산술의 기본 정리'는
"1보다 큰 자연수를 소수들의 곱으로 나타낼 수 있으며 소수들을 곱하는 순서를 무시하면 그 표현 방법이 유일하다."는 정리이다.

　그리고 가우스가 증명한 '대수학의 기본 정리'는 다음과 같다.
"복소수를 계수로 갖는 1차 이상의 다항식은 반드시 복소수 근을 갖는다."

　이 대수학의 정리의 증명은 그 동안 뉴턴, 오일러, 달랑베르, 라그랑주 등 기라성 같은 천재 수학자들이 증명하려 노력하였으나 실패했다. 가우스는 이 정리를 20대 초반에 성공하여 위대한 수학자로서의 길을 열었다.

그는 1827년 〈일반 곡면론〉이라는 책을 발간하였는데, 이는 공간에서의 곡면에 대한 기하학의 시초가 되었고, 1915년 아인슈타인의 일반상대성이론의 기초라 할 수 있는 비유클리드기하학의 바탕이 되었다.

가우스가 괴팅겐 대학에 다니던 19세 때 교수님이 준 세 문제를 풀기 시작했다. 두 문제는 바로 해결하였지만 나머지 한 문제는 쉽게 해결되지 않았다. 그 문제는 다른 종이에 써 있었는데 콤파스와 눈금이 없는 자로 정십칠각형을 그리라는 것이었다. 밤이 깊어가도록 해결이 되지 않자 문제를 내 준 교수님을 실망시키지 않으려고 포기하지 않고 노력하여 다음 날 아침 이 문제를 풀어 교수님께 가져다 드렸다. 가우스는 교수님께 드리면서 너무 오래 걸려 죄송하다는 말을 했다.

교수님은 제출한 것을 보고 너무 놀라 말을 하지 못했다. 그 이유는 교수님이 실수로 가우스에게 원래 주고자 했던 문제가 아닌 다른 문제를 주었던 것이었다. 그런데 가우스에게 풀었던 문제는 사실 지난 2,000년 동안 아무도 해결하지 못한 것이었고, 교수님 자신도 그 문제를 연구하던 중 가우스에게 실수로 전달되었던 것이었다.

교수님의 답변을 듣고 가우스도 놀라며,

"만약 누군가 그 문제를 2,000년 동안 풀지 못한 난제라고 말했다면 저는 아마 그 문제를 풀지 못했을 거예요." 라고 말했다.

당시 가우스의 목표는 단지 교수님이 낸 문제를 푸는 것이었고, 이 목표는 그다지 어렵지 않을 것이며, 노력만 하면 다 풀 수 있을 것이라고 그는 생각했던 것이다. 만약 가우스가 당시에 그 문제가 2,000년 동안 누구도 풀지 못한 난제라는 사실을 알았다면, 가우스는 아예 너무 어려워 불가능할 것이라 생각해 시도하지도 않았을지도 모르고, 또한 성공하지 못했을 수도 있다. 목표가 너무 크다 보면 오히려 선입견으로 인해 잠재능력을 발휘할 기회가 생기지 않을 수가 있기 때문이다. 가우스는 자신이 해결할 수 있을 것이라는 생각으로 노력하였기에 성공했을지도 모른다. 즉 선입견 없이 마음껏 자신의 잠재능력을 다 발휘했던 것이다. 그래서 가우스는 2,000년 동안 해결하지 못했던 난제를 어린 나이에도 불구하고 풀어냈다.

　우리는 인생에서 많은 목표를 세우며 살아간다. 그리고 중요한 것은 본인이 할 수 있는 것에 최선을 다하는 것이 중요하지 않을까 싶다. 그러한 목표라면 이룰 수 있는 것이 많을 것이다. 할 수 없는 것에 소중한 시간을 허비하는 것보다는 마음먹고 할 수 있는 것에 집중하여 자신만의 결과를 만들어내는 것이 중요하지 않을까?

언택트 마라톤을 뛰고 나서

새벽 4시 30분에 알람이 울렸다. 대충 세수만 하고 옷을 갈아입고 간단히 챙긴 후 집을 나섰다. 5시 10분에 현길 아우가 우리 집앞으로 왔다. 같이 차를 타고 장평교로 가서 규호형님을 기다렸다.

오늘은 내가 소속되어 있는 동호회 주최로 하는 언택트 마라톤을 뛰기로 했다. 요즘엔 코로나로 인해 많은 사람들이 모일 수 없어 모든 마라톤 대회가 취소되었기에 각자 마라톤을 뛰고 그 기록을 올리는 방식을 취한다.

5시 30분 규호형님이 오셔서 바로 출발을 했다. 우리는 하프 코스, 즉 풀코스인 42km의 절반인 21km를 뛰기로 했다. 나는 지난 2개월간 부모님 병간호를 하느라 운동을 하나도 하지 못했다. 체력이 완전히 바닥이기에 완주도 못하지 않을까 걱정이 앞섰다. 규호 형님이나 현길 아우는 매일 운동을 하기에 식은 죽 먹기로 뛰겠지만, 나는 아마도 많이 힘들 것 같다는 생각이 들었다. 게다가 오늘은 몸도 이상하게 무거웠다. 지난 주에 일들이 너무 많아 잠도 제대로 잔 날이 없었기 때문이다. 그래도 같이 뛰는 사람이 있기에, 그리고 지난 겨울에 매주 우리 셋이 같이 운동을 했기에 그냥 두 사람만 따라가기로 했다.

내가 마라톤을 시작한 건 작년 봄이었다. 예전에 교통사고가 크게 나서 달릴 수 없었지만, 꾸준히 수영을 10년 정도 하면서 많이 상태가 좋아져 다시 달리게 되어 얼마나 기쁜지 모른다.

나는 기록이나 우승을 위해 뛰는 러너(runner)라기 보다는 즐거움을 위해 뛰는 조거(jogger)라 할 수 있다. 상금이나 기록 단축 또는 어떤 목표를 달성하기 위해 뛰는 것보다는 건강을 위해 달리는 것 뿐이다. 그냥 편안한 마음으로 일주일에 한두 번 아침에 일어나 뛴다. 달리다 보면 마음도 건강해지고 체력도 좋아진다. 나는 어차피 아무리 훈련하고 노력해도 운동 잘하는 사람을 따라 갈 수가 없다.

새벽에 일어나서 마라톤을 뛰러 나가는 것은 그리 쉽지 않다. 처음에 마라톤을 시작할 때는 피곤한 데 더 자고 다음에 달릴지 말지 많이 고민도 했다. 막상 눈이 떠져도 일어날까 말까, 그리고 옷을 입고 나갈까 말까 생각이 많았었다. 하지만 더 자고 싶은 유혹을 뿌리치고 운동을 끝내고 나면 몸이 한결 가볍다. 이제는 그래도 어느 정도 습관이 돼서 고민 같은 것은 안하고 그냥 일어나서 주섬주섬 옷을 입고 집을 나선다.

마라톤을 뛰다 보면 고통이 따르는 것은 당연하다. 사람마다 다르겠지만 나는 20km를 전후해서 그만 뛰고 싶은 충동이 갑자기 일어난다. 나의 체력은 그 정도가 한계인 것이다. 다리가 무거워지고 숨이 차서 그냥 주저 앉고 싶기도 하고, 차라리 걸어가자는 생각이 들기도 한다. 하지만 같이 뛰어 주는 분들이 계시기에 그 한계를 극복하게 되는 것 같다. 그러다 보면 그 고통에 익숙하게 되고 아무 생각 없이 그냥 달리게 된다. 혼자서라면 아마도 그 이상 달린다는 것은 불가능할 것이다. 오늘도 다른 분들이 같이 뛰어 주었기에 완주를 할 수 있었다.

마라톤이 매력이 있는 것은 바로 고통을 넘어서면 즐거움에 이른다는 사실이다. 힘들지만 그러한 고통을 이기고 끝까지 달려 도착했을 때 기분은 그 고통을 상쇄하고도 남는다.

오늘 따라 몸이 무거워서 그런지 반환점인 10km 정도 넘어서자 벌써 힘들기 시작했다. 마음 같아서는 그만 뛰고 싶었다. 지난 두 달 동안 운동을 하지 못한 것은 여지없이 나의 몸을 괴롭히는 것이었다. 말을 꺼내지도 못하고 그냥 뒤에서 간신히 따라갔다. 현길 아우와 나중에 합류한 재도형이 자신의 페이스를 늦춰 주면서 같이 뛰어 주었다. 먼저 가라고 해도 가지 않고 그냥 내 페이스에 맞춰주니 마음 속으로 정말 고마웠다. 그렇게 간신히 뛰어 처음 출발한 곳에 도착을 했다. 오늘 뛴 거리는 22km였고, 시간은 2시간 36분이었다. 어디에 내놓으면 창피한 기록이지만 그래도 완주는 했다. 오늘 뛴 사람들 기록 중엔 꼴찌였다. 같이 뛴 분들과 아침을 먹고 집에 돌아오니 다리가 후들거렸다. 그래도 이 맛에 마라톤을 뛰는게 아닌가 싶다. 힘들지만 즐길 수 있기에.

이제 코로나가 어느 정도 진정이 되면 마라톤 대회가 다시 시작될 것이다. 우리 동호회에는 정말 잘 달리는 사람들이 너무나 많다. 풀코스를 3시간 안에 들어오는 것을 서브3라 하는데 우리 동호회에는 그런 분들만 30명 이상이라고 한다. 풀코스 뿐만 아니라 100km 이상을 달리는 울트라 마라톤을 하는 분들도 너무나 많다. 내가 생각하기에 그런 분들은 인간이 아니다. 공식 마라톤 대회가 시작되면 같은 동호회 분들과 동아마라톤이나 춘천마라톤에 참가하려고 한다. 더 나이가 들기전에 완주 메달을 목에 걸고 싶다. 내가 가지고 있는 나의 아주 작은 꿈이다.

나를 잊은 나

나는 왜 그동안 나를 잊고 살았던 것일까?

내 자신을 많이 사랑하지 못했고 나 자신을 위해 살지 못했던 것 같아 내 자신에게 미안할 뿐이다. 사랑하면 아껴주어야 하는데 난 내 자신을 너무 아끼지 않았던 것 같다. 건강을 위해 전혀 신경 쓰지도 않았고 내 자신을 위해 돈 쓰는 것도 몰랐다. 음식도 제일 싼 것만 찾아서 먹었고, 옷이나 신발 같은 것도 거의 사지 않았을 뿐 아니라 가장 저렴한 것만 사서 입고 신었다. 일도 쉬엄쉬엄해도 되는 것을 무리하게 시간 쪼개가며 쉬지 않고 일하고 뛰어다녔다. 이제 예전의 나의 몸이 아니다. 체력도 근육도 내리막길에 들어섰기에 다시 올라가기에는 너무 늦었다.

그동안 나는 무엇을 위해 살아왔던 것일까?

사회에서 요구하는 표준적인 삶을 위해 나의 세계를 많이 잊고 살았던 것 같다. 내 자신을 잊고 나의 내면을 잊은 채 남들이 좋다고 생각하는 대략 그런 방향을 따라가느라 나를 돌아볼 틈이 없었다.

이제는 잊혀진 나를 찾아 내 자신을 기억할 때다. 어느 정도라도 내 자신을 사랑하고 나를 위해 조그만 것이라도 하고 싶다. 지나온 시간은 진정으로 나를 위한 삶이 별로 없었던 것 같다. 나를 위해 여행 한번 제대로 가본 적도 없고, 마음 놓고 무엇 하나 사 본 적도 없다. 그동안 주인공인 내가 없는 삶이었기에 그렇게 헤매며 살았는지도 모른다.

이제는 나도 나를 많이 사랑하고 싶다. 내 몸도 아끼고 나를 위해 조금만 사치라도 하고 싶다. 나의 행복을 위해 약간이라도 노력하고, 나의 즐거움과 기쁨을 위해 하고 싶은 것 하나라도 하려 한다. 누군가가 나를 욕하더라도 이제 상관없다. 나를 가장 사랑해야 하는 사람은 나라는 것을 확실히 알기 때문이다. 다른 사람은 그냥 다른 사람일 뿐이며 그가 나의 인생을 대신 살아주지 않는다. 내가 아프다고 해서 대신 아파주지도 않으며, 내가 힘들다고 해서 대신 힘들어할 수도 없다.

더 나은 나를 위해 더 아름다운 나의 내면의 세계를 위해 보다 많은 노력을 하려 한다. 다른 것보다 내가 소중하다고 생각하는 것을 위해 애쓰려 한다. 지나온 시간이 의미가 없는 것은 아니지만, 앞으로의 시간은 더 커다란 의미가 될 수 있도록 나만의 노력을 하려 한다. 그것이 그동안 나를 잊고 살았던 나에게 조금이라도 보상을 해주는 것 같기 때문이다.

앞으로의 시간은 다른 사람도 생각하고 나도 생각하는 시간들이 될 수 있도록 나름대로의 방법을 찾으려 한다. 이제 다가올 시간은 그래서 더욱 기대가 된다. 물론 앞으로의 시간에도 아픔과 어려움도 있겠지만 그것은 당연하다고 생각할 것이다. 그동안의 경험이 더 커다란 어려움도 능히 이겨낼 수 있을 힘이 되어 주리라 굳게 믿는다.

이제는 나를 잊지 말고 꼭 기억하며 하루하루를 지내려 한다. 내가 없어지면 이 세상이나 이 우주도 아무런 의미가 없다. 그러기에 내가 곧 우주고 우주가 곧 나다.

어둠 속에도 빛이

 4월 8일 어머니 대장암 수술을 한 후 한달 정도가 지나 5월 13일 다시 서울대 병원에 갔다. 집도의였던 외과 과장님을 뵈었고 수술 경과에 대해 설명을 들었다. 대장 40cm 정도를 절제했고, 35개 제거된 림프절 가운데 6개가 양성으로 판정되어 항암 치료를 해야 할 것 같다는 의견이셨다.

 항암 치료와 수술 후 관리는 다른 과에서 담당하기에 1년 후 다시 뵙기로 하고 혈액종양내과로 가서 항암 치료 전문 선생님을 뵈었다. 어머니 연세가 너무 많으셔서 방사선과 주사 대신 복용하는 약으로 일단 시작해보자고 하셨다. 2주 동안 항암제를 아침과 저녁 두 번 먹고, 1주 쉰 다음에 병원에 와서 다시 검사를 하고 경과를 봐서 다시 약을 조절하는 방향으로 8차례 항암 치료를 해서 24주, 그러니까 약 6개월 정도 걸릴 것이라 말씀하셨다. 항암 치료 과정 중에 식단과 주의해야 할 것들을 간호 선생님께 설명을 들었다. 그리고 어머니를 모시고 약국에 가서 항암제를 사서 다시 청주로 돌아왔다.

 1차 항암 치료가 끝날 때쯤 어머니 손과 발의 피부가 약간씩 검붉게 변하기 시작하며 커다란 물집이 여러 군데에서 잡히기 시작했다. 물집이 너무 커져 걷기도 불편하셔서 내가 물집을 다 터뜨려 짜드렸다. 3주 후 서울대 병원에 가서 혈액검사를 하고 의사 선생님을 뵈었다. 손과 발을 보시더니 그렇게 큰 부작용은 아니라 하시면서 변화 없이 저번에 처방받은 약을 계속 같은 양으로 복용하자고 하셨다. 2차 항암 치료가 시작되어 1주가 지나기 시작했을 때 부작용이 갑자기 심해지기 시작했다. 어머니께서 식사를 거의 못하셨다. 입 안을 살펴보니 혀를 비롯해 입안 전체가 이상해져 있었고 혀가 잘 움직이지를 않았다. 설사를 하루에 10번 이상 하시기 시작했다. 손발은 피부가 완전히 검붉게 변했고, 통증이 너무 심해 걷기도 힘들뿐더러 손으로 다른 것을 만지기도 못하셨다. 2차 항암제를 다 복용하고 약을 끊었는데도 상태는 더 심각해지면서 입 안이 완전히 다 헐어 식사를 전혀 하시지를 못하셨다.

2차 항암 치료가 그렇게 끝났고 다시 서울대 병원에 갔다. 의사 선생님께 우선 어머니 손과 발을 보여드렸다. 부작용이 갑자기 심해진 상황을 설명드렸고 의사 선생님이 당분간 항암제 복용을 중단하는 것이 낫겠다고 판단하셨다. 일주일 이상 거의 아무것도 드시지 못하셔서 너무 힘들어하시는 어머니를 간신히 차에 태워 다시 청주로 내려왔다.

교회 삼성 가정의학과 집사님께 전화를 드려 상의를 했다. 집에서 호전되기는 힘들 것 같으니 당분간 병원에 입원해서 수액과 영양제를 맞는 게 좋을 것 같다고 말씀해 주셨다. 아버지도 혼자 집에 계시니 집에서 가까운 병원에 입원하는 게 나을 것 같아 입원할 수 있는 병원을 좀 알아봐 달라고 부탁을 드렸다. 잠시 후 바로 집사님이 전화를 주셨다. 집 앞에 있는 병원에 내일부터 입원할 수 있을 것이라고 말씀하셨다.

다음 날 아침 바로 짐을 챙겨 어머니를 모시고 입원할 병원에 갔다. 서울대 혈액종양내과 선생님이 써 주신 소견서를 드렸다. 청주에 오기 전 어떤 치료를 하는 게 좋을지 소견서를 부탁드려서 혈액종양내과 선생님이 미리 써주신 것이었다. 선생님이 보시더니 바로 입원하자고 하셨고, 내가 1인실로 방을 배정해 달라고 했다. 지난번에 서울대에서 2인실에 입원해 있었는데도 너무 힘이 들었기 때문이었다.

바로 입원실로 가서 수액과 영양제를 링겔로 맞기 시작했다. 이미 열흘 정도 거의 드신 것이 없었고, 매일 같이 설사를 너무 많이 해서 어머니는 이미 탈진 상태였다. 몸 안의 수분이 거의 없을 정도라서 침을 삼키기도 힘들어하셨다. 손과 발은 이미 부작용이 심해져서 딱딱해지면서 피부가 갈라져 가기 시작했다. 큰 흉년이 들어 가뭄이 너무 오래 계속되면 논바닥에 물이 다 말라 버리고 딱딱해지면서 쩍쩍 갈라지는 것과 똑같이 어머니의 손과 발이 그렇게 쩍쩍 갈라져 가고 있었다. 수액을 맞으면서도 계속 설사로 화장실을 드나드셔야 했다.

내가 병원에 상주하면서 어머니 옆에서 먹고 자고 했다. 누나가 토요일에 분당에서 내려와 반찬을 해 놓고 아버지 드실 국을 끓이고 어머니 손발 정리해드리고 그동안 못했던 집안일을 다 했다. 며칠이 지나자 내 허리가 아파오기 시작했다. 허리 협착증이 심해 병원 간이침대에서 자다 보니 허리가 무리가 된 듯했다. 허리를 펼 수가 없었지만 그냥 참을 수밖에 없었다. 아버지가 보시다 못해 교대를 해주시겠다고 오셨다. 허리 물리치료 받고 하루라도 집에서 자라고 하셨다. 허리가 더 아프면 아무래도 힘들 것 같아 병원에 가서 물리치료를 받고 집에서 잤다. 그리고 이튿날 다시 아버지와 교대를 했다. 어머니 설사가 멎기 시작했다. 손과 발에 통증도 서서히 가라앉아 고통스러워하시던 것이 조금씩 줄어들기 시작했다. 그렇게 9일이 지났다. 어머니 퇴원을 누나에게 알렸고 누나가 분당에서 다시 내려왔다. 9일 만에 보는 햇빛을 어머니는 너무 감사해하셨다. 그렇게 어머니를 모시고 다시 집으로 왔다. 누나가 먹을 것을 이것저것 잔뜩 해 놓고 어머니 손발을 정리해드리고 다른 집안일 밀린 것을 했다.

다음 날 아침 어머니 손과 발을 정리해 드리려고 하는데 왼발 엄지발톱이 저절로 완전히 빠져 있었다. 다른 발톱도 보니 다 빠질 것 같았다. 쩍쩍 갈라진 손바닥과 발바닥을 뜯어낼 수 있는 것은 다 뜯어내고 바세린을 발라 드렸다. 빠진 엄지발톱과 갈라진 손과 발을 보니 마음이 너무 아팠다. 하지만 뜯어낸 손바닥과 발바닥 아래에는 새로운 살이 돋아 올라오고 있었다. 아기 피부 같은 생살이었다. 그것을 보고 빠진 엄지발톱을 보았다. 아직 발톱이 하나도 나오지는 않았지만 얼마 지나지 않으면 새로운 발톱이 나올거라는 생각이 들었다. 비록 다른 발톱도 다 빠질 것 같아 보였지만, 다 빠지고 나면 다시 새로운 발톱이 다 나오리라는 확신이 들었다. 그 확신이 들자 나의 마음에 빛이 비춰지는 것 같았다. 어둠 속에도 항상 빛은 비추기 마련이다.

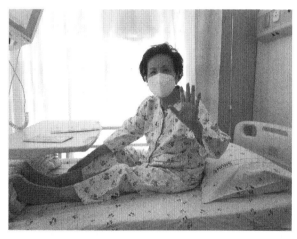

수술하시기 하루 전의 어머니

기적의 메커니즘

 존 우든은 1910년 미국 인디애나의 가난한 농부의 아들로 태어났다. 그의 아버지는 그에게 정직, 성실, 노동 등의 기본적인 가치의 중요성을 어릴 때부터 가르쳤다. 그의 아버지는 그에게 꼭 지켜야 할 7계명을 항상 마음속에 담아두도록 했다. 그 7계명은 '자신에게 진실해라, 남을 도와라, 매일을 최고의 날로 만들어라, 좋은 책을 깊이 있게 이해해라, 우정을 소중히 가꾸어라, 만일을 대비해라, 모든 것에 감사해라'와 같은 정말 가장 기본적인 인성에 대한 교훈이었다. 우든의 아버지의 어릴 적 교육은 그의 평생의 좌표가 되었다. 그는 평생을 살아가면서 많은 어려움을 겪었지만 그러한 것을 극복하는 데 있어 가장 힘이 되었던 것은 아버지의 7계명 때문이었다고 회고한다.

 그는 어릴 때부터 농구에 소질을 보였고 퍼듀대학교에 입학한다. 당시 농구팀 코치는 램버트였는데 우든은 그로부터 하나의 팀은 가족과 같은 것이라는 사실을 깨닫게 된다. 램버트 코치의 지도하에 우든은 퍼듀대 소속으로 3년 동안 국가대표로 선발되었고, 퍼듀대는 전국 대회에서 우승한다. 대학 졸업 후 인디애나폴리스 프로팀에서 활동하던 중 세계 2차대전에 참전하여 3년 동안 해군으로 복무한다.

 종전 후 인디애나주립대 농구팀 감독을 하다가 UCLA 농구팀 감독으로 부임한다. 그리고 1964년 마침내 UCLA는 NCAA에서 우든의 지도하에 우승을 한다. 몇 년 후 이 팀에 한 농구 선수가 들어오는데 그가 바로 카림 압둘 자바였다. 그는 뉴욕 출신이었지만 UCLA를 택한 것은 우든 때문이었다. 인종차별이 여전했던 그 시대에 압둘 자바는 선수의 피부색으로 차별을 하지 않는 감독인 우든을 택해 UCLA로 온 것이었다. 우든의 인성은 그만큼 이미 고등학교 농구 선수들에게 소문이 나 있었던 것이다.

우든은 선수들에 대한 어떤 편견도 가지고 있지 않았다. 우든의 지도 하에 압둘 자바가 소속되어 있는 UCLA의 찬란한 농구 역사는 시작된다. 자바가 2학년일 때 UCLA는 대학 농구 리그에서 30전 전승을 거둔다. 그리고 UCLA는 1967년부터 NCAA에서 내리 7년 연속 우승을 한다. 이를 포함하여 이후 UCLA는 미국 대학 농구 사상 최다인 10회를 우승한다. 더욱 놀라운 것은 모든 단체 스포츠 경기를 포함해서 단일 경기 최고 기록인 88연승이라는 미증유의 기록을 달성한다. 스포츠계에서는 이는 깨질 수 없는 불가능한 기록이라고 말을 한다. 처음 NCAA를 우승한 1963년부터 1975년까지 UCLA 농구팀의 승률은 0.938이었다.

이러한 불후의 기록을 남긴 채 그는 1975년 은퇴를 한다. 70을 바라보는 나이였기에 체력이 견디질 못했고, 후배들에게도 길을 열어주어야 한다고 생각했다. 또한 그는 그의 인생에서 더 이상 이룰 수 있는 것이 없었다. 그만큼 그는 평생을 하루같이 열심히 살아왔던 것이다.

그는 기본적인 것을 중요시했다. 그는 선수들에게 패스나 풋워크 등 농구 기술을 가르치기 전에 훈련에 지각하지 않기, 같은 팀원 비난하지 않기, 양말 똑바로 신기 등 인생을 대하는 태도부터 바꾸려 노력했다. 그는 가르치는 학생들에게 '나'보다 '우리'를 강조했다. 어떤 편견도 없이 모든 학생을 똑같이 대우해 주었다. 그는 경기의 승리보다 과정을 중요시했던 사람이었다. 그의 가르침을 받은 학생은 그의 진실된 마음을 전달받아 자신보다 팀을 생각하며 훈련하고 경기했다.

그는 자신이 가르치는 학생들에게 항상 이야기했다. "이 순간 너의 100%를 나에게 다오. 오늘 최선을 다하지 못하면, 내일 101%를 한다고 해도 메워지지 않는다. 나는 지금 이 순간 너의 100%를 원한다." 매일 매일 최선을 다하는 감독과 선수들, 그것이 기적을 만든 이유였다.

우든은 1961년에는 선수로 그리고 2006년에는 감독으로 미국 농구 '명예에 전당'에 헌액되었다. 선수와 감독으로 명예의 전당에 이름을 올린 사람은 그가 처음이었다. 그는 또한 스포츠인으로서는 극히 드문 미국 백악관에서 수여하는 미국 최고의 훈장인 '자유의 메달'을 수상한다. 우든이 죽은 후 UCLA는 그와 그의 아내를 기리기 위해 UCLA 홈 코트를 '넬리/존 우든 코트'로 명명했다. 그의 이름은 UCLA 역사를 통해 영원히 남아있을 것이다.

우리는 완벽하지 못할지라도 완벽하려고 노력할 필요가 있다. 그 노력은 가장 기본적인 것부터 시작될 수밖에 없다. "水滴穿石(수적천석)"이라는 말이 있다. 이는 물방울이 계속해서 떨어지면 돌에도 구멍이 뚫린다는 뜻이다. 조그만 일에서부터 완벽할 수 있도록 노력을 해야 그러한 것들이 쌓여 큰 차이를 만들 수밖에 없다. 그것이 바로 기적이 만들어지는 메커니즘이다.

몸을 비빌 언덕이 하나라도 있다면

 가끔씩 여러 가지 일로 인해 힘에 부칠 때나 외로움을 느낄 때, 혹은 모든 것을 잊고 어디론가 떠나고 싶을 때가 있다. 하지만 어디로 가야 할지 막상 떠나려 한다면 막막하기도 하다. 그때 가장 생각나는 사람이 누구일까? 막상 집을 나서서 나의 발길이 닿는 곳은 어디일까? 아무 생각 없이 그냥 내가 갈 수 있는 곳이 한 군데라도 있다면 너무 마음이 편할 것이다. 사람은 때때로 자신의 아픈 마음과 몸을 비빌 언덕 하나 정도는 있어야 하지 않을까?

 장 자크 루소는 힘든 어린 시절을 보냈다. 그의 어머니는 그를 낳다가 사망하였고, 그의 아버지는 그가 어렸을 때 집을 나가 돌아오지 않았다. 이로 인해 어린 루소는 외삼촌의 집에서 그리고 때로는 어떤 목사님 집에서 지내며 자랄 수밖에 없었다. 어린 시절 부모의 정을 모르고 자랐던 루소는 어디에 마음을 둘 곳이 없었다. 그는 좀 더 자라서는 세상을 이곳저곳 다니며 방랑의 생활을 하게 된다.

 제네바에서 태어난 루소는 당시 칼뱅의 개신교를 믿고 있었는데 방랑 시절 그는 개신교에서 카톨릭교로 개종을 했다. 당시 개종한 이들은 카톨릭 교회로부터 음식과 잠자리를 제공받을 수 있었기 때문이었다. 그런 가운데 루소가 만난 사람이 바로 바랑 부인이었다. 그녀는 루소가 더 이상 방랑하지 않고 현실에 정착할 수 있도록 도와주었다. 루소에게는 당시 바랑 부인이 자신의 몸을 의탁할 수 있었던 언덕이었다. 바랑 부인은 책을 좋아했던 루소에게 공부할 수 있도록 힘써 주었고 이로 인해 루소의 학문의 길이 열리게 된다.

부유한 집안끼리의 정략결혼으로 인해 바랑 부인과 남편은 별거를 하게 되고, 바랑 부인과 루소는 13살 나이 차이에도 불구하고 나중에 연인 관계로 발전한다. 바랑 부인을 사랑했던 루소였지만 여러 가지 일로 인해 루소와 바랑 부인은 헤어지게 된다. 루소는 바랑 부인을 떠나 방랑의 길로 다니다가는 다시 바랑 부인에게 돌아오곤 하였다. 여기에 대해서는 많은 이야기들이 있긴 하지만 바랑 부인은 어쨌든 그렇게 10여 년 동안 루소를 후원해 주었다.

이후 루소는 프랑스 최고의 계몽사상가로 우뚝 서게 된다. 그는 인간은 출신에 상관없이 평등하다는 "인간 불평등기원론"을 비롯하여, 프랑스 대혁명의 가장 중요한 기초가 되는 "사회계약론", 그리고 교육론에 있어 중요한 저서인 "에밀"을 쓰게 된다. 루소라는 커다란 사상가가 나오게 된 것은 루소가 가장 힘들었을 시기에 바랑 부인의 도움이 어느 정도 큰 역할을 한 것은 분명하다.

우리는 누구나 살아가다 보면 생각지도 못한 일들로 인해 마음으로든 물질적으로든 의지할 곳이 필요할 때가 있다. 이때 진정한 마음으로 도와주며 내가 편안히 비빌 수 있는 언덕이 있다면 정말 커다란 힘이 될 것은 분명하다.

논어 태백편에 보면 "危邦不入 亂邦不居(위방불입 난방불거)"라는 말이 있다. 이는 "위험한 나라에는 들어가지 말고, 혼란스러운 곳에서 살지 말라"는 뜻이다. 내가 심적으로 의지할 수 있는 곳은 나를 안전하게 품어줄 수 있는 곳이라야 할 것이다. 나의 힘든 마음을 터놓고 내려놓을 수 있는 곳, 잠시 쉬었다가 다시 시작할 수 있는 힘을 얻을 수 있는 곳이 하나라도 있다면 삶의 커다란 위로가 될 것이다.

내가 힘들 때 나의 마음을 잠시 의지하고 쉴 수 있는 곳은 있는 것일까? 그곳은 어디이고, 나의 마음을 함께 나눌 수 있는 사람은 누구일까?

인연이기에 슬프다

나에게 가장 가까운 사람은 누구일까? 내가 이 세상에서 살면서 나에게 가장 많은 사랑을 주었던 사람, 나의 모든 것을 있는 그대로 받아 주었던 사람, 나와 정말 많은 시간을 함께했던 사람, 나에게 있어 가장 소중한 사람, 우리는 그러한 사람과의 인연이 정말 계속되기를 바라지만 삶은 그렇지 않은 것이 현실이다.

우리가 세상을 살아가면서 만남이 있으면 반드시 헤어짐이 있다. 헤어짐이 없는 만남은 존재하지 않는다. 신은 왜 우리에게 만남과 헤어짐을 주었을까? 오랜 인연으로 헤어지기 싫은 것을 뻔히 알면서도 신은 왜 우리에게 그러한 운명을 주는 것일까?

많은 사람이 그 소중한 인연을 떠나보낸 후 신의 존재를 부정하는 것도 이해할 만하다. 신이 있다면 그러한 아픔을 주지 않을 것이라 생각할 수 있기 때문이다.

나 같은 사람은 그 이유를 잘 모른다. 나는 신학자도 아니고 종교를 잘 아는 사람도 아니다. 나는 그저 운명에 굴복할 수밖에 없고 주어진 것을 받아들일 수밖에 없는 미천한 존재에 불과하다.

그러기에 슬프고 가슴 아플 뿐이다. 내가 할 수 있는 것은 너무나 적고, 그저 고개 숙이고 인정하는 것밖에는 더 이상의 재주도 없다. 다른 무엇이라도 할 수 있다면 얼마나 좋을까? 받아들이기 너무나 힘이 드는데 어떻게 그것을 받아들여야 하는 것일까?

시간이 약이라고 세월이 지나면 잊혀지겠지만 다시 그러한 소중한 인연의 시간들이 돌아오는 것은 아니다. 내가 할 수 있는 것은 그저 그리워하고 외로워하는 것 밖에는 없다.

〈인연이라 슬펐노라〉

서럽기도 해요
겨울밤 너무 길어서

그립기도 해요
눈꽃이 너와 닮아서

눈 감는 순간
잊을 수 없을 거예요

돌고 도는 인생
언젠가 스칠 테니까

내 가슴 도려내듯 뒤돌아 가나요?
이제는 난 아닌가요

살아서는 내 것이 아닌
무로 돌아갈 인생

가지 말라고 떠나지 말라고
부질없는 그 바램

겨울이 봄이 되듯 되돌아오나요

여기서 난 기다려요

무지렁이한 세상 살다
우연히 누린 행복

어여 가라고 이젠 괜찮다고
행복했어 충분히

목 놓아 울던 모습 이제 잊어요
정처 없는 삶의 끝에 만날 테니까

살아서는 내 것이 아닌
무로 돌아갈 인생

가지 말라고 떠나지 말라고
부질없는 그 바램

　살아 있는 동안 할 수 있는 것은 다 하자. 살아 있는 동안 서러울 정도로 행복하자. 기쁘고 즐겁게 이 세상을 살아가자. 나를 사랑해 주었던 사람에게 나의 모든 것을 다 주자. 그 사람이 나를 사랑한 것 이상으로 그 사람을 더 많이 사랑하자. 더 많이 사랑하는 것이 진정으로 그 사람을 사랑하는 것이기에. 무엇을 바라지 말고 그냥 무조건 더 사랑하자.
　우리는 아무것도 아닌 존재다. 이 세상에서 살아봤다는 것만으로도 감사해야 하는 것이 아닐까 싶다.

갈 길이 멀다 해도

우리는 살아가면서 커다란 인생의 목표를 세워 나름대로 최선을 다해 살아가고자 한다. 삶은 일순간으로 이루어지는 것은 그다지 많지 않다. 모든 것은 때가 되어야 한다. 과일도 충분한 시간이 지나야 달고 맛있다. 미리 익지도 않은 과일을 수확해 버리면 그 과일의 맛이 제대로 나지 않는다.

목표는 성취되는 것에 의미가 있다. 아무리 훌륭하고 거창한 목표라 할지라도 이루지 못한다면 그 목표는 빛을 발하지 못한다. 어떻게 하면 그 목표를 이룰 수 있을지 그 방법을 생각하는 것 또한 지혜다. 마음속에만 존재하고 꿈만 꾸는 목표는 아무 소용이 없다. 꿈은 단지 꿈일 뿐이다. 그것이 현실이 되어야 자신의 꿈이 의미가 있다.

커다란 목표일수록 이루기에는 힘이 든다. 그만큼 오랜 시간과 노력이 필요하기 때문이다. 하지만 그러한 과정을 제대로 거치지 않고서는 내가 목표로 하는 것을 이룰 수 없다. 그 과정을 어떻게 가야 할까? 우리가 추구하는 커다란 목표를 위해 가야 할 길은 생각한 것보다 훨씬 멀고 험할지 모른다. 하지만 그 과정을 생략할 수도 없고 건너뛸 수도 없다. 겪어야 할 것은 겪고, 경험할 것은 경험을 해야 제대로 된 목표를 실현시킬 수 있다. 이를 위해서는 오히려 목표 자체를 너무 신경 쓰지 말고 그 과정에 더 많은 마음을 쓰는 것이 필요하다. 목표에 너무 연연하다 보면 그 과정을 소홀히 할 수밖에 없기 때문이다.

1482년에 태어난 조광조는 김굉필을 스승 삼아 일찌감치 사림파의 영수로 등장한다. 연산군의 폭정은 1506년 중종반정으로 끝이 나고, 반정공신들에 의해 연산군 시대의 잘못을 바로잡아 나간다. 중종은 연산군 시대에 희생되었던 사람들의 원한을 풀어주고 폐지되었던 성균관을 부활시켜 유학을 진작시킨다.

중종이 즉위한 후 8년이 지나자 반정공신의 중요한 인물들은 사망하였고, 그동안 반정공신의 권세에 자신의 정치를 제대로 펴지 못한 중종은 본격적인 정치 개혁에 들어간다. 이를 계기로 중종이 등용한 세력이 바로 사림파였다.

이때 중종의 가장 신임을 얻은 이가 바로 조광조였다. 지난 권력의 부정부패를 뿌리 뽑기 위해 조광조는 일단의 개혁정치를 추진하며 이상사회를 꿈꾸게 된다. 그는 도학 정치의 실현을 목표로 요순시대의 조선을 만들고자 하였다. 사림파는 민본정치를 내세우며 새로운 제도를 만들어 나간다.

하지만 조광조를 비롯한 사림파들은 현실을 이해하지 못했고, 목표에만 치중한 나머지 과정을 중요하게 여기지 못했다. 조광조는 중종반정에 역할을 한 공신들이 개혁에 장애물이라 하여 그들의 공훈을 없앨 것을 주장한다. 중종은 반정공신에 의해 권력을 잡은 임금이었다. 그 기반인 반정공신의 업적을 없앤다는 것은 어쩌면 중종이라는 임금 자체의 존재마저 무시하는 것일 수 있었다. 이로 인해 조광조는 훈구파 세력의 미움을 샀고, 결국 이를 계기로 자신뿐만 아니라 사림파의 세력이 제거될 수밖에 없었다. 이것이 바로 기묘사화이다.

조광조와 사림파가 생각하고 목표로 했던 것은 이상적이었지만 이를 이루는 것에 있어 문제가 많았다. 이상사회나 도학 정치란 정말로 이루기 힘든 목표이며 아주 오래도록 노력해야만 도달할 수 있는 길이다. 그 머나먼 길을 그는 너무 조급하게 가려 했다. 그는 대의는 위대했는지 모르지만 이를 이루기 위한 길을 가는데 있어서는 서툴렀다. 물론 그의 사상이 후대에 영향을 많이 끼친 것은 사실이다. 하지만 조금 더 신중하게 그 길을 갔더라면 그리 빨리 그의 꿈이 허사가 되지는 않았을 것이다.

우리가 이루고자 하는 목표의 결과에 집착을 하게 되면 욕심이 생기고 이는 자신이 모든 것을 다 하려는 고집으로 고착된다. 그로 인해 차근차근 걸어가야 할 과정을 무시하고 조급하게 일을 추진할 수밖에 없고 이로 인해 그 좋은 목표가 한낱 일장춘몽으로 변하고 마는 것이다.

먼 길을 가야 한다면 마음부터 준비가 되어 있어야 한다. 아무리 갈 길이 멀다고 해도 한 걸음씩 가야 하지 않을까 싶다. 조급함을 버리고 한 걸음씩 가는 훈련이 필요하다. 오늘 한 걸음을 갔다면 거기에 만족할 줄 아는 것이 그 먼 길을 가는 데 있어서 가장 중요한 것이 아닐까 싶다. 그로 인해 끝까지 도달하는 희열을 맛볼 수 있을 것이다. 그것은 도달한 사람만이 즐길 수 있는 것이니 우리 인생에서도 그러한 즐거움을 느껴봐야 하지 않을까?

네가 살아야 나도 산다

직사각형으로 생긴 막대자석 한쪽은 N극이고 다른 쪽은 S극이다. 보통 두 극을 구분하기 위해 다른 색깔을 칠해 놓는다. 예를 들어 N극을 파란색으로 칠하면 S극은 빨간색으로 칠한다. 막대자석은 항상 N극과 S극이 함께 존재한다.

막대자석의 가운데에 파란색과 빨간색의 경계가 있으니 호기심으로 그 경계선을 전기톱으로 잘라보자. N극과 S극을 따로 분리해도 잘라진 N극의 반대쪽은 S극이 생기고, 잘라진 S극의 다른 반대쪽은 N극이 생긴다. 분명히 잘라진 N극은 잘라지기 전에 N극만 있었는데 S극이 생긴 것이다. 마찬가지로 잘라진 S극도 잘라지기 전에는 S극만 있었다. 그런데 N극이 생겨 버렸다.

또 잘라내도 마찬가지가 된다. 결론적으로 이야기하면 막대자석은 N극이나 S극 혼자 독립적으로 이 지구상에 존재할 수 없다. 우주 전체를 다 뒤져봐도 어떤 곳에도 N극이나 S극 홀로 존재하는 것을 발견할 수 없다. 만약에 이 글을 읽는 어떤 분이 N극이나 S극이 따로 존재하는 것을 발견한다면 얼마 지나지 않아 노벨 물리학상을 수상할 것을 100% 확신한다. 자석의 경우 N극과 S극은 홀로 존재하지 않고 항상 함께 존재한다. 이것이 자연의 본질(intrinsic property)이다.

이런 자연의 본질을 사람 사이의 관계에도 적용해 보자. 만약에 두 사람이 있다고 가정해 보자. 사람은 어떤 경우에도 같을 수가 없다. N극과 S극처럼 다를 수밖에 없다. 아무리 친한 사람이라 할지라도 다른 면이 분명히 존재한다. 다른 성격이나 다른 특징, 기호가 다를지라도 함께 도와가며 생활하는 것이 마음이 편하다. 왜냐하면 자연의 본질과 일치하기 때문이다.

만약에 서로의 성격이 다르다고 해서, 그리고 자신과 좀 같은 면이 없다고 해서 다투기 시작하면 같이 생활하는 것은 너무나 불편할 수밖에 없고 마음이 안정되지 않는다. 그럼에도 불구하고 사람들은 함께 지내려 노력하기 보다는 다투는 경우가 훨씬 많다. 자신이 다른 사람보다 더 소중하게 생각되기 때문이다. 사람 관계에서는 함께 공존하는 것은 생각보다 쉽지 않다.

조훈현 국수가 우리나라 바둑계를 장악하고 있었을 때, 한 어린 아이가 조훈현 9단의 집으로 찾아왔다. 말도 별로 없고 표정도 없는 이창호라는 이름의 어린이였다. 조훈현 9단은 10살도 안 된 이창호와 바둑을 한번 두고 나서는 이창호를 제자로 받아들여 자신의 집에서 먹고 재우며 같이 지내면서 둘이 매일 바둑을 두었다.

이창호가 15살이 되던 1990년 그는 스승인 조훈현 9단을 3연승으로 물리치고 국수가 되었다. 그리고 다음 해인 1991년 이창호는 세계 기전에서 우승하며 세계 최고의 바둑기사가 된다. 이후로 이창호에 의해 세계 바둑계의 엄청난 지각 변동이 일어나게 된다. 한국, 중국, 일본 이렇게 세 나라의 바둑 고수들이 다투는 세계 기전은 이창호와 그 외 바둑기사 전체로 갈리게 되는 것이었다. 그만큼 당시 이창호 9단의 바둑은 전세계 바둑계를 평정해 버렸다.

조훈현 9단의 위대함이 여기에 있다. 그는 함께 한다는 것이 무엇인지를 알았다. N극과 S극이 함께 공존해야 자석이 되는 것처럼 홀로 존재하기 보다는 함께함의 위대함을 그는 알았던 것이다.

나와 다르다고 해서 다투고 상대를 제거하려 한다면 본인 자신에게도 엄청난 피해와 아픔이 있게 된다는 것을 기억해야 한다. 함께 하지 못한다면 차라리 가만히 있는 것이 낫다. 너를 죽이고 나는 살겠다는 것은 자연의 본질이 아니기에 커다란 대가를 치를 수도 있다. 비록 매우 다르더라도 함께 하려고 노력하는 마음부터 가지는 것이 중요하다. 많은 아픔과 시간이 걸리겠지만 그 길이 옳다. 네가 살아야 나도 산다는 것이 바로 자연의 본질이기 때문이다.

N극과 S극

울지마 톤즈

1962년에 태어난 이태석 신부는 인제대학교 의과대학을 졸업하고 군의관으로 군 복무를 마친 후 1992년 다시 가톨릭 대학교 신학대학에 입학한다. 1994년 첫 서원을 받았으며, 2000년 종신서원을 하였고 그해 부제 서품을 받았다. 2001년 사제서품을 받고 그해 세계에서 가장 가난한 나라 중의 하나인 남수단 톤즈로 간다. 톤즈는 수단에서도 가장 못사는 지역이었다.

오랫동안의 내전으로 모든 것은 폐허였고, 병원 하나 없어 수많은 사람들이 말라리아와 콜레라로 죽어가는 곳이었다. 그는 톤즈에서 흙담과 짚풀로 지붕을 엮어 병원을 세웠다. 병원까지 오지 못하는 환자를 위해 직접 마을을 돌아다니면 환자를 치료했다. 특히 수백 명의 한센병 환자들을 모아 나병환자 동네를 만들어 그들의 치료에 힘을 쏟았다.

오염된 톤즈 강물을 마시는 주민들에게 콜레라는 멈출 줄 몰랐다. 이에 이태석 신부는 우물을 파서 식수난을 해결하여 콜레라를 줄여 나갔다. 하루 한 끼밖에 먹지 못하는 톤즈 주민들을 위해 직접 농경지를 일구기 시작했다. 글자도 못 읽는 이들을 위해 학교도 세워 직접 가르쳤다. 초등학교부터 시작해 중학교, 고등학교까지 세워나갔다.

톤즈 주민들을 위해 전쟁으로 상처받은 마음을 치유해 주기 위하여 브라스밴드도 조직하여 직접 악기도 가르쳤다. 그의 끝없는 희생으로 톤즈의 주민들은 희망을 발견했고 전쟁으로 인한 상처가 아물기 시작했다.

잠시 한국을 방문하러 왔던 2008년 10월 종합검진을 받았을 때 대장암 4기로 판정이 나왔다. 이미 간으로까지 전이된 상태였다. 항암 치료를 끝내고 양평에서 회복하려 노력하던 중 2010년 1월 48세의 나이로 세상을 떠났다. 완치하여 톤즈로 돌아가려던 그의 꿈은 그렇게 끝나버리고 말았다.

그 이후 남수단의 많은 젊은이들이 이태석 신부를 존경하여 한국으로 와서 공부를 하고 다시 남수단으로 돌아가 이태석 신부처럼 살아가려 노력하고 있다. 이태석 신부는 남수단의 주민들에게 밤하늘의 빛나는 별과 같은 존재였다.

그가 마지막에 남긴 말은 "나는 행복하였습니다" 였다. 그는 사랑을 베풀 수 있었음에 행복했다. 평생을 가장 가난하고 아픈 사람들을 위해 살았기에 행복했다.

우리 주위엔 아직 아름다운 사람들이 많이 있다. 자신보다 다른 이를 위하는 그런 이태석 신부님과 같은 분들이 이 세상 어디에나 존재하고 있다. 그런 아름다운 분들이 주는 희망의 등불은 언제나 빛나고 있을 것이다.

웃음이라는 선물

상황에 따라 웃는 것이 자연스러운 것이겠지만, 상황에 상관없이 웃는 것도 가능한 것 같다. 웃음은 나의 마음을 풍성하게 해주는 것뿐만 아니라 나의 내면에 커다란 힘을 주는 것을 발견했다. 또한 웃음은 다른 사람들에게도 좋은 선물이라는 것을 알게 되었다. 요즘 내 주위에 있는 사람들을 위해 그리고 나 자신을 위해 힘든 상황에서도 웃는 법을 배우고 있다.

나는 드라마를 거의 시청하지 않는다. 역사에 관계된 드라마를 가끔 보기는 하지만 현대물이나 코믹한 드라마를 본 적은 거의 없었던 것 같다. 친해진 블로그 이웃 한 분이 재미있는 드라마를 소개시켜 주셔서 그냥 아무 생각 없이 보기 시작했다. 미국 드라마 중에 "빅뱅 이론"이라는 것이었는데, 제목이 너무 특이했다. 빅뱅이론은 현대우주론의 가장 중요한 분야 중의 하나인데 뭔가 싶었다. 1회부터 보는데 나도 모르게 웃음이 계속 나오는 것이었다. 정말 재미있었다. 예전에 미국에서 공부할 때 "프렌즈"를 즐겨 보긴 했는데 그 생각이 났다.

한국 드라마 재미있는 것도 많이 추천해 주셨는데 한꺼번에 볼 수 없으니 그중에 하나만 골랐다. 모두들 아는 "도깨비"를 이제야 보기 시작했다. 그 드라마는 엄청 인기가 있었다는 것은 알고 있었고, OST 중에 "stay with me"는 나도 가끔씩 듣곤 했다. 장안의 화제였던 그 드라마의 내용도 결말도 하나도 모르고 있었기에 그냥 아무 생각 없이 1회부터 보기 시작했다. 그런데 진짜 재미있는게 아닌가? 1회만 보고 재미없으면 그냥 접으려고 했는데 재미있으니 계속 보게 되었다. 시간이 별로 없어 금요일이나 토요일 저녁에 빅뱅이론하고 도깨비 한 회씩 보는 것이 요즘 내 취미생활이 되어 버렸다.

두 개의 드라마를 보며 많이 웃게 되었다. 나는 사실 웃는다는 것을 잘 몰랐다. 진지하고 경건한 그런 재미없는 스타일이기 때문이다. 그런데 웃어보니 좋았다. 그냥 웃음이 나오는 대로 실컷 웃으며 드라마를 본다. 그러다 보니 마음도 좋아진다. 웃을 수 있다는 것이 이렇게 좋은 것을. 이제는 많이 웃으며 살아야겠다는 생각이 많이 들었다.

그로 인해 앞으로는 많이 웃을 수 있는 기회를 만들어야겠다는 생각이 들었다. 예전엔 친구들하고 많이 만나지 못했다. 그래서 연락이 돼서 만날 수 있는 친구들이 그다지 많지 않다. 요즘엔 일주일에 한두 번, 일부러라도 친구들을 만난다. 밥 같이 먹고 그냥 아무 데나 놀러 간다. 이야기도 많이 하다 보면 웃을 일도 생긴다. 그 시간이 재미있고 즐겁기만 하다.

이 나이가 돼서야 웃는다는 것이 좋다는 것을 알게 된 것을 보면 나는 참 그동안 무엇을 하고 살았나 싶다. 웃음이 삶의 활력소가 된다는 것을 알았기에 이제 어떤 상황에 상관없이 웃으려 노력하고 있다.

부모님이 매우 편찮으셔서 내 나름대로 열심히 하고는 있지만, 지난 몇 개월 동안 두 분이 웃는 경우가 거의 없으셨다. 빅뱅이론을 보다가 갑자기 부모님에게 웃음을 찾아드려야겠다는 생각이 들었다. 그래서 나도 모르게 내가 빅뱅이론의 주인공이라 가정하고 그렇게 말하고 행동하면 어떨까 하는 생각이 들었다.

드라마에 나오는 정도는 나에게 무리이거나 좀 주책이 될 것 같아서 그냥 조금만이라도 노력하면 부모님이 웃으시기에 충분할 것 같다는 생각을 했다. 그래서 아무 생각 없이 아버지 어머니께 그냥 나오는 대로 재미난 말을 해드렸더니 두 분이 막 웃으시는 것이 아닌가? 두 분의 웃음을 정말 오랜만에 보았다. 웃는 모습에 나도 모르게 마음이 짠한 게 그냥 너무 고맙고 좋았다. 더 많은 웃음을 드리고 싶었다. 그래서 시간이 날 때마다 재미난 말을 해드리느라고 나는 요즘 많이 힘들다. 그래도 좋다. 두 분이 웃으시니. 정말 더 많이 웃으시고 더 많이 즐겁고 행복하게 하루를 보내실 수만 있다면 나는 무엇이든지 해드릴 수 있을 것 같다. 나는 이제 어떤 상황에서도 웃으려 한다. 웃음이라는 것은 정말 축복의 선물이다.

요양보호사 이모

어머니께서 대장암 수술을 하시고 항암치료를 하시던 도중 부작용이 너무 심해 집안일을 거의 하지 못하셨다. 아버지 또한 많이 불편하신 터라 집에 집안일을 도와줄 분이 필요하다는 생각을 했다. 이리저리 알아보던 중 삼성 가정의학과 원장 선생님이 요양보호사를 신청하는 것이 좋을 것 같다는 말씀을 해 주셨다. 나는 의료계통이나 복지 분야는 아는 것이 없어서 막막했던 것이 사실이었다. 선생님의 조언으로 건강보험공단에 연락을 해서 장기 요양보호사 신청을 했다.

다음날 바로 보험공단에서 연락이 왔고, 직원 한 분이 직접 어머니와 보호자인 나를 면접 겸 실사 조사를 위해 병원으로 오셨다. 어머니 상황을 다 조사하고 나서, 따로 나하고 20분 정도 면담을 했다. 의사 선생님 소견서도 필요하다고 해서 삼성 가정의학과 원장님께 부탁을 드렸더니 흔쾌히 최선을 다해 써주시겠다고 하셨다. 사실 어머니는 서울대 병원에서 수술은 했지만, 집에서 너무 멀어 자주 갈 수 없어 사실 원장님이 주치의나 마찬가지였다. 매번 여러 가지로 많이 도와주셔서 정말 고마웠다. 소견서도 정말 잘 써주셨을 것이다.

일주일이 지나 공단에서 연락이 왔다. 판정위원이 15명인데 아무 문제 없이 통과되었다고 했다. 이제 월요일부터 토요일까지 매일 오전 9시부터 12시까지 요양보호사 한 분이 우리 집에 오셔서 집안일과 부모님을 보살펴 드릴 수 있다고 했다. 그 정도만 해도 어머니의 커다란 짐을 덜어드릴 수가 있어 얼마나 도움이 되는지 모른다. 또한 국가에서 많은 보조를 해주기 때문에 내가 부담해야 하는 재정적인 것은 정말 얼마 되지 않았다. 장기요양보험이라 기간 제한 없이 계속해서 연장이 된다고 한다.

　그리고 이틀 후 교회 잘 아는 권사님이 운영하시는 곳에서 요양보호사 한 분과 연락이 되어서 바로 우리 집으로 출근하시기 시작하셨다. 우리 집에서 가까운 데 사시고, 나이는 나보다 몇 살 많기는 하시지만 말씀을 조금 나누어 보니 상대방의 마음도 편하게 해주는 분 같아 부모님하고 말벗도 해드릴 수 있을 것 같아 좋았다.

　나는 부모님께 한 식구라 생각하시고 편하게 대해 드리면 서로가 좋을 것이라 말씀드렸다. 그렇게 시간이 좀 지나 이제는 부모님도 요양보호사분과 서로 어느 정도 익숙해진 것 같았다. 아버지가 나한테 이모라고 부르는 게 어떻겠냐고 하시는 것이었다. 그 말씀을 듣고 나는 마음이 놓였고, 아버지 말씀대로 친누나보다 나이가 적기는 하지만 나는 이모라 부르기 시작했다. 어머니께서도 집안일도 꼼꼼하게 잘해주니 마음도 편하고 도움도 많이 된다고 하셨다. 나는 어머니께 딸 하나 더 생긴 거라 생각하시라고 말씀드렸다. 시간이 갈수록 흡족해하시는 부모님을 뵈니 너무 잘했다는 생각이 들었다. 또한 요양보호사 이모도 우리 집이 편하게 느껴지는 것 같았다. 서로가 좋아야 관계가 오래 가기에 나는 요양보호사 이모에게도 잘 해드리려 노력하고 있다. 이제는 오전에 출근해 일하시고 점심은 부모님과 같이 드시고 퇴근하신다.

　중요한 것은 내가 집에 없을 때 부모님이 혼자 병원에 가시기 힘이 들 경우 함께 갈 수 있어서 나는 마음이 놓였다. 지난 학기에는 사실 휴강을 너무 많이 했다. 보강을 위해 밤에 수업을 한 적도 많았다. 학생들에게 너무 미안했는데, 이제 그런 문제는 어느 정도 줄어들 것 같아 마음이 가벼워졌다.

　살아가다 보면 도움을 주기도 하고 받기도 한다. 도움을 받을 줄 아는 것도 중요한 것 같다. 또한 내가 받은 도움만큼 다른 사람을 도와주면 된다. 사람은 관계 속에서 얽히고 그 가운데 정이 드는 게 아닌가 싶다. 관계는 참다운 인간에게는 아름다움이다. 관계의 미학은 누구나 가능하다. 그 사람이 누구이건, 만난 지 오래되었건, 얼마 되지 않았건 그건 전혀 상관없다. 열린 마음을 가지고 있는 이들에게는 얽힘은 아름다울 뿐이다.

할머니의 손과 어머니 손

초등학교도 들어가기 전 할머니께선 우리 집에 자주 오셨다. 한번 오시면 누나 방에서 며칠이건 몇 주건 머무르다 가시곤 하셨다. 나는 할아버지를 한 번도 뵌 적이 없다. 내가 태어나기도 10년 전에 이미 돌아가셨기 때문이다.

우리 집안 남자들은 대부분 폐암으로 돌아가셨다. 많은 분들이 60세 전후로 돌아가셨다. 어찌 보면 우리 집안은 장수 집안은 아니다. 아버지께서 지금까지 친가나 외가 통틀어 가장 고령인 남자로서 거의 20년을 유지하고 계시다. 담배가 뭔지도 모르는 어릴 때부터 집안 어른들이 절대 담배 피지 말라는 소리를 귀에 못이 박히도록 들었다. 우리 집안 남자들은 다들 골초였기 때문이다. 아버지만이 유일하게 담배를 젊었을 때 완전히 끊으셨다. 담배하고 폐암하고 무슨 관계가 있는지는 모르지만 어쨌든 나는 태어나 담배를 피워 본 적이 없다. 군대에서도 보급 담배가 나오면, 바로 옆에 있는 동기나 고참들에게 15갑 모두를 다 나누어 주었다.

할머니가 오시면 아버지와 할머니 두 분이 겸상을 하시고 나머지 식구들은 한 상에서 같이 밥을 먹었다. 아침을 먹고 나면 모든 사람들이 나갔고, 할머니와 어머니, 그리고 나만 남았다. 할머니는 심심해서 나를 데리고 동네 마실을 다니셨다. 할머니 손을 잡고 다니다 보면 할머니의 주름진 손을 그냥 나도 모르게 주무르곤 했다. 내가 할머니 손을 주무르면 그 주름살이 좀 펼질까 싶었다. 할머니는 내가 할머니 손을 주무를 때마다 나를 보고 빙긋이 웃고 하셨다.

할머니는 1901년생이시니 온갖 풍상을 다 겪으셨다. 어릴 때 할머니하고 같이 다닐 때는 잘 몰랐지만 지금 생각해 보면 당신의 삶이 얼마나 파란만장했을까 싶다. 할아버지 사이에 12명을 낳으셨다. 아버지가 11번째다. 일본 강점기와 한국전쟁 그리고 4.19와 5.16 그 험한 세월을 살면서 어떻게 12명을 다 키워냈는지 나로서는 가늠이 되지 않는다. 할머니는 내가 아는 아픔만 해도 너무 많다. 6.25 사변 때 막내 고모가 북한 인민군에 끌려갔다. 휴전이 되어서도 막내 고모는 끝내 돌아오지 못한 채 북한에 남아있었다. 그리고 할머니가 돌아가시는 날까지 소식 한 장 없었다. 막내 고모 말고도 할머니가 돌아가시기 전까지 4명의 자식이 먼저 앞섰다. 자식을 먼저 보내는 그 고통을 4번이나 겪은 것이다.

할아버지는 환갑도 넘기지 못하고 돌아가셨기에 할머니는 25년 가까이를 홀로 사셨다. 지금 생각해 보면 너무 외롭지 않으셨을까 싶다. 할머니는 돌아가실 때까지 비녀를 머리에 꽂고 계셨다. 한번도 머리를 자르지 않으셨는지 머리 감으실 때 보면 머리 길이가 어디까지인지 알 수가 없을 정도였다.

내가 중학교 2학년이 되었을 때 할머니가 갑자기 집에 오셨다. 연세는 많으셨지만, 아직 정정하셨다. 하룻밤을 주무시고 돌아가실 때 할머니의 손을 꼭 잡고 어릴 때 버릇처럼 주름살을 주무르면서 펴 드렸다. 주름살이 많아도 너무 많았던 기억이 난다. 인사를 하고 가시는 뒷모습이 그날따라 왠지 마음이 짠했다. 아직까지도 할머니의 그 뒷모습이 기억이 남는다. 그 모습이 내가 본 할머니의 마지막 모습이었다. 몇 주후 할머니는 돌아가셨다. 어떤 병환도 없으셨던 것 같은데, 주무시다가 돌아가셨다고 했다. 우리를 마지막으로 보기 위해 그날 오셨던 것 같다.

지난번 고향에 있는 할아버지, 할머니 산소에 갔다. 고향에 가니 사촌인 미연이 누나와 태신이 형이 계셔서 함께 소주를 사서 할아버지, 할머니 산소에 뿌렸다. 너무 오랜만에 뵌 듯해서 죄송했다. 산소는 예쁘게

단정되어 있었다.

　요즘 어머니 손과 발을 매일 정리해 드리고 있다. 항암치료로 인한 부작용으로 손과 발이 다 갈라지고 벗겨져서 잘라낼 것은 잘라내고 정리한 후 약을 발라 드린다. 어머니의 손을 보니 할머니 손이 생각이 났다. 어머니 손에 주름도 어느새 이리 많아졌는지 모르겠다. 속상하고 가슴이 아팠다. 그 마음을 누르고 어머니께 예쁜 애기 피부같이 될 거니까 걱정하지 말라고 했다. 할머니가 나에게 빙긋 웃으셨던 것처럼 어머니도 나에게 빙긋 웃으셨다.

　내가 잡았던 할머니 손, 그리고 지금 잡고 있는 어머니 손은 주름이 잔뜩 많은 손이지만 그 손으로 지금의 내가 있다. 매끄럽고 부드러운 하얀 피부의 손이 아닌 주름 가득한 손이지만, 그 두 손은 나의 마음에 영원히 남아있을 것 같다.

우암산을 다시 오른다면

어릴 적 내가 살던 동네는 청주에 있는 우암산 밑이었다. 당시는 행정구역상 수동이었는데 텔레비전 드라마 "제빵왕 김탁구"와 "카인과 아벨"을 찍었던 곳이기도 하다. 드라마 찍은 장소는 수동에서도 수암골이라는 곳인데, 이 지역은 사실 예전엔 사람만 지나다닐 수 있는 아주 좁은 골목길에 집들이 옹기종기 붙어 있는 가난한 동네였다. 드라마에서 가난한 장소를 배경으로 찍기 위해 아직까지 개발이 안 된 채 예전 모습 그대로 보존되어 있는 곳을 찾다가 여기에서 촬영을 한 듯하다.

지금도 40~50년 전의 모습 그대로 남아있다. 드라마 이후 유명해져서 많은 관광객의 방문으로 인해 청주시에서 벽화도 그려놓고 체험 마을 형태로 가꾸어서 지금도 사람들이 많이 방문하고 근처엔 카페들도 상당수 들어서 있다. 바로 산 밑이라 청주 시내가 다 보인다. 예전에 가난한 동네는 산 바로 밑이었던 것 같다.

수암골 밑에는 예전에 육군병원이 있었다고 한다. 내가 어릴 때는 병원이 다른 곳으로 이주해 본 기억은 없고, 이 병원으로 인해 6·25 때 피난민과 부상병들이 몰려 살게 되었던 것으로 알고 있다.

우리 집은 수암골에서 오른쪽으로 좀 더 가서 용화사라는 절 너머 성공회 교회 바로 밑이었다. 어릴 때 주말이면 아버지하고 아침 일찍 일어나 성공회 교회를 지나 우암산 정상까지 등산을 하곤 했다. 아버지도 젊으셨을 때 등산을 좋아하셔서 형과 나 그리고 우리 집에서 키우던 강아지 메리를 데리고 우암산 정상까지 삼부자가 올라가곤 했다.

우암산은 그리 험하지 않고, 높이도 300여 미터 정도밖에 되지 않아 어린 나이였지만 아버지와 함께 올라가는 데 커다란 문제는 없었다. 집에서 출발해 천천히 올라가다 보면 한 시간 남짓 걸려 우암산 정상까지 올라갈 수 있다. 메리는 발발이였는데 내가 항상 목줄을 해서 데리고 다녔다. 아주 강아지였을 때 데려와 15년 정도 키웠고 우리 집에서 자연사로 죽었다.

당시 아버지 나이는 40 전후 셨기 때문에 나와 형까지 챙기시면서 이것저것 말씀하시며 등산을 즐기셨다. 사실 나로서는 조금은 조금은 벅찰 때도 있었지만, 아버지와 형과 함께하는 그 시간이 좋아 힘들 것을 뻔히 알면서도 항상 따라다녔다.

정상까지 올라가고 나면 내려오면서 용화사라는 절을 꼭 들렀다. 용화사에 있는 약수터 때문이었다. 한참 땀을 흘려 등산을 하고 난 후에 마시는 시원한 물맛은 정말 일품이었다. 절을 한 바퀴 둘러보고 난 후, 용화사 밑에 있는 삼일 공원에 가기도 했다. 삼일 공원은 1919년 삼일운동 당시 독립선언서에 서명을 한 33명 중에서 6명이 충북 출신이라 그분들을 기념하기 위해 6명의 동상을 세워 놓은 아담한 공원이었다. 6명 중에 다른 분은 잘 모르겠고 손병희 선생은 기억이 난다. 삼일 공원을 한 바퀴 빙 돌고는 집으로 돌아와 어머니께서 해주셔서 먹는 일요일 아침은 그야말로 꿀맛이었다. 밥 한 공기가 눈 깜짝할 사이에 사라져 버렸다.

나는 산을 좋아했었다. 어릴 적 아버지와 우암산을 많이 올라서 그런지 모르지만 어쨌든 대학 가서도 친구들과 산을 많이 다녔다. 산은 올라갈 때는 힘이 들지만 올라가서 내려다보는 경치는 마음을 후련하게 해준다. 새로운 도전의 마음도 생기기 마련이다. 비록 순간일지 모르지만 많은 것을 잊을 수 있다. 그리고 새로운 마음이 생긴다. 힘이 들어도 하면 된다는 생각이 든다. 예전에 교통사고로 인해 오래도록 산을 다니지 못했다. 얼마 전부터는 다시 오를 수 있게 되었다. 홀로 한라산 정상 백록담도 오르고, 다른 친구나 지인들과 덕유산, 오대산, 속리산 등도 얼마 전에 올랐다. 앞으로 시간이 나면 더 나이가 들기 전에 우리나라에서 아직 올라보지 못한 유명한 산들과 백두대간 그리고 북한의 백두산도 한번 가보고 싶다. 더 큰 꿈은 현실적으로 가능할지 모르겠지만 아프리카에 있는 킬리만자로도 한번 도전해 보고 싶은 마음도 있다.

하지만 내가 가장 오르고 싶은 산은 우암산이다. 나 홀로 오르는 것이 아니라 어릴 때처럼 아버지와 함께 우암산 정상을 밟았으면 좋겠다. 그 날이 올 수 있기를 지금도 마음속으로 얼마나 바라고 있는지 모른다. 아버지 돌아가시기 전에 그런 기회가 주어진다면 나는 아무리 유명한 명산을 오른 것보다 훨씬 더 기분이 좋을 것 같다. 우암산 정상에서 아버지와 함께 사진 찍을 수 있다면 그 사진은 내가 죽을 때까지 영원히 간직하려고 한다.

우암산과 상당산성

바닷속의 고래

갑돌이: 물고기는 물속에 살지?

갑순이: 응, 그렇지

갑돌이: 고래도 물속에 살지? 바다도 물이니깐.

갑순이: 당연하지. 고래는 육지에서 돌아다니지 않잖아.

갑돌이: 그럼 고래도 물고기인가?

갑순이: 아니지. 고래는 포유류라던데.

갑돌이: 왜 그렇지?

갑순이: 고래는 새끼 낳아서 젖을 먹여 키우기 때문에 포유류래.

갑돌이: 그래? 그럼 물속에 사는 동물 중에 고래만 포유류고
나머지는 다 물고기 즉 어류인가?

갑순이: 해초나 미생물 같은 것은 빼고 아마 그럴걸. 물고기 중에
포유류는 고래밖에 없을걸.

갑돌이: 물에 사는 동물 중에 고래 하나만 포유류라 할 필요가 있
을까?

고래가 바닷속에 살지만, 포유류라는 것을 모르는 사람은 거의 없다. 고래도 새끼에게 젖을 먹여 키우기 때문이라는 이유로 포유류라 말해주면 대부분 수긍하고 더 이상 의문을 가지지는 않는다. 어쩌면 당연하다고 그냥 받아들이기 때문이다. 사실 나도 이것 가지고 뭐라 하고 싶지는 않다. 하지만 한 가지 생각하고 싶은 것은 있다.

흔히 哺乳類(포유류)란 젖을 먹여 새끼를 키우는 동물을 말한다. 인간,

개, 고양이, 호랑이, 사자 등 우리가 잘 아는 동물들은 대부분 포유류다. 지구상에는 4,000여 종이 넘는 포유류가 있다고 한다.

그 많은 4,000종이 넘는 포유동물 거의 대부분은 육상생활을 한다. 오로지 고래만 물속에 산다. 나는 생물학자가 아니라 생물의 분류는 잘 모르지만, 오직 고래 하나가 예외가 되는 분류의 기준이 이해가 되지 않았다. 그래서 좀 자세히 찾아보니 생물의 분류는 "계−문−강−목−과−속−종"이라는 순서로 이어지며 척삭동물문 아래로 유악동물이 있고 이 유악동물 밑으로 연골어류, 경골어류, 사족류, 양막류가 있다. 사족류는 양서류가 해당이 되고, 양막류에 파충류, 조류, 그리고 포유류가 있다.

용어가 바로 와 닿지는 않지만, 그것이 중요한 것은 아니다. 문제는 기준이다. 척삭동물문은 척추가 있고 없음으로 무척추, 척추로 나누어지고, 척추동물은 다시 턱이 있고 없음으로, 그 아래는 폐가 있고 없음으로, 그 아래는 관절화된 부속지가 있고 없음으로, 그 아래는 양막란이 있고 없음으로, 그 아래는 다시 날개가 있고 없으므로 분류하다 보니 물속에 사는 고래가 나머지 4,000여 가지의 육상동물과 같은 포유류에 속하게 된 것뿐이었다.

이것을 찾다가 물속에 있는 포유류도 있다면 날아다니는 포유류는 없는지 궁금해졌다. 나는 없을 줄 알은 데 있었다. 바로 박쥐였다. 나도 찾아보고 오늘에서야 알았다. 박쥐가 포유류라는 것을 솔직히 어제까지도 몰랐다. 나는 박쥐는 조류로 알고 있었다. 나는 물리학 교수지 생물학 교수는 아니니 생물에 대해 다 알 수는 없지 않겠는가? 박쥐는 날개가 있지 않은가? 하지만 박쥐도 새끼를 젖을 먹여 키우기에 포유류에 속했다.

나는 너무나 신기했다. 지구상에 포유류를 4,000종이라 가정한다면, 물속에 사는 고래 1종, 날개가 있어 날아다니는 박쥐 1종, 이 2종을 빼고 나머지 3,998종은 육지에 사는 포유류가 되는 것이다. 예외 없는 법은 없다고 하지만, 물리학을 전공한 나로서는 어째 좀 께름칙했다. 물론 생물의 가장 큰 특징은 다양함에 있다는 것을 잘 안다. 그 많은 다양성에서 그나마 공통점을 찾아내 생물을 분류한 것이라 생각된다.

말할 필요도 없이 생물학자들의 엄청난 연구에 의해 생물 분류의 기준이 마련되었고 그것을 바탕으로 생물들을 분류하였을 것이다. 하지만 고래를 더 커다란 분류 체계인 어류에 넣고 다시 고래만의 특징을 잡아 어류에 속하는 어떤 계통을 만들었으면 어땠을까 하는 생각이 들었다. 또한 박쥐도 그 위 단계인 날개가 있는 조류에 넣고 다시 박쥐가 가지고 있는 특징으로 조류 내에서 다른 계통의 분류를 하는 방법은 없었을까 하는 생각이 들었다. 물론 내 생각일 뿐이다. 그리고 이 글은 이 생각을 주장하고자 하는 의도는 아니다. 단지 호기심으로 잠시 생각해 보았을 뿐이다. 내가 말하고 싶은 것은 기준의 중요성이다. 기준이 중요한 것이 사실이긴 하지만 더욱 중요한 것은 기준을 어떻게 만들 것인가에 대한 문제이다. 기준이 잘못 만들어지면 그로 인한 혼란은 생각보다 클 수가 있다.

수학은 정의의 학문이라고 한다. 정의가 무엇인가에 의해 학문 자체가 달라질 수 있다. 그러기에 수학을 학문의 왕이라 하는 것이다. 만약 정의나 기준이 문제가 있다면 그것을 과감하게 바꾸어야 한다. 기준과 정의는 일반적이어야 한다. 그 기준을 들었을 때 갸우뚱한다거나 의심이 간다던가 일반화하기에 부족하다면 좋은 기준은 아니다. 그 기준을 마련하기는 했는데 그로 인한 혼란이 생긴다면 다시 그 기준을 살펴볼 필요가 있는 것이다.

우리의 삶에 있어서도 마찬가지이다. 나의 삶의 기준은 무엇일까? 내가 다른 사람과의 관계에서 가장 중요하게 생각하는 기준은 무엇일까? 사람 자체일까, 돈일까? 그 기준에 의해 나의 인생사는 다른 모습으로 나타날 수밖에 없다. 기준을 숙고하지 않는 이상 그 이후는 자신의 원하는 방향이나 흐름으로 인생이 가지 않을 수도 있다. 살아가면서 나의 삶의 기준에 잘못은 없는지 돌아볼 필요가 있다. 나는 고래가 포유류라는 것을 알고는 있지만, 포유류가 아니라 해도 그게 문제가 될 것 같지는 않다. 새끼를 젖을 먹여 키우는 어류라고 해서 무슨 문제가 되겠는가?

피아노를 배우며

대학 1학년 때 실내악단 동아리에 들어갔다. 음악을 들으면 왠지 마음이 편했다. 듣기만 하지 말고 직접 연주도 해보고 싶었다. 그전에 악기를 배운 것이 없어서 그냥 바이올린을 하기로 했다. 종로에 있는 낙원상가에 가서 당시 10만 원 정도를 주고 바이올린을 샀다.

강의가 없는 시간에 동아리방에 가면 선배들이 조금씩 가르쳐 주었다. "작은 별, 나비야" 같은 쉬운 곡부터 연습을 시작했다. 같은 물리학과에 있는 친구와 함께 나름대로 열심히 배웠다. 여름방학에 시간이 나서 더 많이 연습했다. 스즈키 4권까지 했는데, 그 이상은 나의 한계인 듯싶었다. 이미 나의 손가락은 빠른 음을 잡아내기에는 굳어 있었고, 음감이 없던 나에게 포지션이 넘어가면 정확한 음을 찾아내기 힘들었다.

어쨌든 1학년 때라 시간이 있어 도서관에서 책을 보다 좀 쉬고 싶으면 동아리방에 가서 틈틈이 연습을 했다. 가을에 실내악단 정기연주회가 있는데 그거라도 한번 참여해 보고 싶었다. 실력은 안 되지만 열심히 하는 모습에 간신히 제2 바이올린 맨 뒷줄에서 연주회를 할 수 있었다. 그것이 나의 처음이자 마지막 연주회였다.

2학년이 되면서 전공과목이 4~5개가 되면서 동아리 활동할 시간이 없었다. 물론 학년에 상관없이 열심히 하는 사람들도 많았지만, 나는 나의 길을 그냥 가기로 했다. 바이올린은 접고, 2학년부터 미국에 유학을 갈 준비를 했다. 물리학 전공과목은 당시 한 학기에 4번 정도 시험을 보는 경우가 대부분이었다. 4~5과목이 전공이기에 거의 매주 시험이 있었다. 성적이 나쁘면 유학을 갈 수 없기에 과감하게 동아리에 발을 끊었다. 3학년 때 토플을 보았고, 4학년 때 GRE General과 Subject를 보았다. GRE Subject는 물리학인데 2시간 40분 정도에 100문제를 풀어야 했다. 범위는 물리학 전 범위였다. 문제 수준도 꽤 높았다. 따라서 악기에 대한 미련을 완전히 끊고 음악도 거의 듣지 않고 유학 준비에 매달렸다. 졸업을 하고 바로 미국으로 가서 석박사 과정을 시작했다. 그 후로 음악을 가끔 듣긴 했지만, 악기를 만져보지는 못했다. 당시 가지고 있었던 바이올린이 애착이 많아 이사할 때마다 가지고 다녔는데, 어느 순간 잊어버리고 말았다. 그렇게 세월이 30년이 흘렀다.

습관처럼 요즘도 저녁에 하루 일을 다 하고 나면 음악을 듣는다. 클래식, 가요, 팝송 가리지 않고 아무거나 다 듣는다. 대학 다닐 때 가지고 있었던 바이올린 생각이 가끔 났다. 하지만 없어진 것을 어떻게 하랴. 어느 날 음악을 듣다가 집에 있는 피아노 생각이 났다. 몇십 년 된 아주 오래된 피아노이긴 하지만 바이올린 대신에 피아노를 배우고 싶다는 생각이 들었다. 피아노 학원을 이 나이에 다니려 하니 좀 그랬다. 집 주위에 학원이 많기는 했지만 매달 교습비로 돈도 나가야 하고 망설여졌다. 고민하다 누나 생각이 났다. 누나는 피아노 부전공으로 예전에 피아노 학원도 오래 했기에 누나한테 배우면 어떨까 싶었다.

비록 자주는 아닐지라도 한 달에 몇 번이라도 누나한테 배우고 혼자 조금씩 연습을 해야겠다는 생각이 들었다. 누나에게 부탁했더니 선뜻 가르쳐 주겠다고 했다. 악보도 잘 볼 줄 모르고, 손도 많이 굳어 있고, 피아노를 전혀 쳐 본 적도 없었지만, 그냥 시작하기로 했다. 나는 재능이 많은 사람은 아니다. 하지만 그냥 아무 생각 없이 꾸준히는 한다. 책도 읽다 보니 지금까지 많지는 않지만 어느 정도 읽었듯이 피아노도 그냥 시간이 나는 대로 연습할 생각이다. 언젠가 베토벤의 월광 소나타를 치고 싶다. 내가 제일 사랑하는 음악이기에 나 스스로 쳐보고 싶다.

점근적 자유성

　우주의 모든 물질은 원자로 이루어져 있다. 원자는 가운에 핵이 존재하고 그 주위를 전자가 돌고 있다. 핵의 크기는 정말로 작아 약 10의 마이너스 15승 미터 정도 된다. 핵 안에는 양성자와 중성자가 있다. 양성자는 업쿼크(up quark) 두 개와 다운쿼크(down quark) 한 개로 이루어져 있다. 중성자는 다운쿼크 두 개와 업쿼크 하나로 구성되어 있다.

　중성자는 전하량이 제로이기 때문에 전기력의 영향을 받지 않지만, 양성자는 양전하를 가지고 있기 때문에 전기력의 영향을 받는다.

　핵 안에 양성자가 많아지면 어떻게 될까? 전기력은 같은 전하를 가지고 있는 것은 서로 밀고, 다른 전하를 가지고 있는 것은 서로 잡아당긴다. 따라서 핵 안에 있는 양성자는 양전하를 가지고 있기 때문에 서로 밀어내는 힘인 척력이 존재한다. 그런데 문제는 핵이라는 공간은 극히 작은 공간이다. 이렇게 작은 공간에 양성자가 많아지면서 서로 밀쳐내는 힘이 커지게 될 수밖에 없게 되어 불안정해진다. 출퇴근 시간 지하철의 발 디딜 틈도 없는 공간을 생각하면 이해하기 쉬울 것이다.

　그렇다면 어떻게 해야 척력이 존재하는 핵이라는 공간에 양성자가 계속 존재할 수 있을까? 답은 간단하다. 양성자끼리 서로 밀어내는 척력보다 더 큰 힘으로 양성자를 묶어주는 다른 힘이 존재하면 된다. 이런 힘을 강력이라고 한다. 강력은 핵이라는 극히 좁은 공간에 있는 양성자끼리 작용하는 전기력보다 훨씬 큰 힘으로 양성자에 작용하여 양성자가 핵 안에 존재할 수 있도록 한다.

　그럼 만유인력은 없는 것일까? 양성자는 질량을 가지고 있기 때문에 당연히 인력이 작용한다. 하지만 양성자끼리의 전기력이 만유인력보다 10의 마이너스 39승 정도나 크므로 아무런 의미가 없다.

여기서 중요한 것은 바로 강력이라는 힘의 성질이다. 자연에는 만유인력, 전자기력, 강력, 약력이 존재하는데 네 가지 다른 힘이 있다는 것은 그 힘의 성질이 각각 다르다는 의미이다. 약력은 엔리코 페르미가 베타 붕괴를 설명하기 위해 도입한 것이었는데 그 존재가 실험적으로 증명되어 페르미는 이 공로로 노벨 물리학상을 받았다. 하지만 약력은 우리가 논의하는 것과는 상관이 없다.

중요한 사실은 바로 양성자와 중성자를 구성하는 쿼크끼리의 상호작용이다. 양성자나 중성자 안에는 쿼크 세 개가 존재하는데 이 공간은 핵보다 훨씬 작다. 이렇게 극히 작은 공간에 어떻게 쿼크가 존재할 수가 있을까?

강력은 만유인력이나 전자기력에 비해 아주 다른 성질이 있다. 만유인력이나 전자기력은 거리의 제곱에 반비례한다. 거리가 가까울수록 그 힘이 커지고 멀어질수록 작아진다. 즉 핵 안에서 양성자가 가까이 있을수록 전자기력의 힘은 커질 수밖에 없다. 만유인력도 커지지만 위에서 말한 대로 그 크기가 워낙 작아 있으나 마나 할 정도이다.

강력은 이와는 반대이다. 가까울수록 상호작용의 영향은 별로 미치지 않고 멀어지면 커진다. 강력의 특징, 즉 전기력이나 만유인력과는 반대로 거리가 가까울수록 작아지고 멀수록 커지는 성질을 흔히 점근적 자유성(asymtotic freedodm)이라고 한다. 이 성질이 바로 핵심이다. 가까워질수록 거의 영향을 미치지 않는다. 왜냐하면 이것이 강력의 존재하는 이유이기 때문이다. 하지만 멀어지는 강력의 크기가 커지면서 양성자 밖으로 쿼크가 나가지 못하도록 하여 서로 가까이 존재할 수 있도록 만든다. 이렇게 해서 양성자라는 좁은 공간에 쿼크가 존재할 수 있다.

쿼크는 양성자나 중성자 안에서 자유로운 점입자처럼 행동한다. 쿼크들 사이의 거리가 가까워질수록 자유도가 커진다. 둘 사이의 거리가 0이 된다면 완벽한 자유로운 입자가 된다. 하지만 쿼크들 사이의 거리는 어느 한계 이상 멀어지지는 않는다. 이로 인해 쿼크는 양성자 안에서 존재할 수 있다. 가까울수록 자유도가 커지는 이러한 현상, 즉 점근적 자유성을 연구한 데이비드 그로스, 프랑크 윌첵, 데이비드 폴리처는 이 연구로 2004년 노벨 물리학상을 받았다.

점근적 자유성은 우리에게 사람 간의 관계에 있어서 중요한 의미를 주기도 한다. 한마디로 말하면 가까울수록 서로가 자유로워야 한다는 것이다. 반대로 멀어지려고 하면 더 많은 힘을 발휘해야 할 필요가 있다는 의미이다. 즉 친해지고 더 좋은 관계가 될수록 서로에게 집착하거나 기대하거나 구속하기보다는 서로에게 더 많은 자유를 주어야 한다는 뜻이다. 간섭하지 않고 보이지 않는 것도 믿어 주고 각자가 하고 싶은 것을 할 수 있도록 편하게 내버려 두어야 한다는 의미이다. 반대로 멀어질수록 더 많은 마음을 써야 한다.

서로 성격이 맞지 않는다고, 내가 생각하는 것하고 다르다고, 나에게 잘 대해주지 않는다고 해서 신경을 쓰지 않고 마음을 주지 않는 것이 아니라 반대로 더 많은 배려를 해야 한다는 의미이다. 서로 사랑해서 결혼했는데 살다 보니 별로인 것 같고 성격 차이도 너무 심하고 생각하는 것도 너무 다르고 해서 그만 끝내고 이혼하고 다른 사람하고 결혼해서 살아보니 다시 시간이 지나 새로 결혼한 사람도 전과 다른 것 없어서 또 이혼하고, 또 결혼하고 그러다 보니 나중에 내린 결론은 별다른 사람이 없다는 얘기를 하곤 한다. 어차피 특별한 사람은 없다. 다 비슷한 사람인 것이 진리다. 바꿔도 소용없다. 왜냐하면 양성자 안에는 업쿼크하고 다운쿼크밖에 없기 때문이다. 업쿼크는 다 같고 다운쿼크도 다 같을 뿐이다.

중요한 것은 쿼크끼리 점근적 자유성을 발휘하듯 우리 사람들도 점근적 자유를 이해하고 허용하는 것이 진정을 지혜로운 것이다. 가까운 사람일수록 간섭하지 말고 그냥 내버려 두면 시간이 지나 서로가 정말 자유롭게 지낼 수 있다. 만약 어느 순간에 싫어서 멀어지게 되면 기분 내키는 대로, 감정 나오는 대로, 생각되는 대로 행동하는 것이 아니라 오히려 이때 서로에게 더 배려를 해서 멀어지지 않도록 노력하는 것이 바로 강력의 핵심이다. 서로를 좋아하고 사랑한다면 강력 특히 점근적 자유도를 우리 생활에 적용해 보는 것은 어떨까? 이것은 사실 만유인력이나 전기력보다 너무 이해하기 힘들었기 때문에 최근에 와서야 알려졌고 물리학계에서 난제로 꼽혀왔다. 이를 해결함으로써 자연에 존재하는 전자기력, 약력, 강력이 통일될 수 있는 양자색역학(Quantum Chromo Dynamics)의 기반이 마련되어 아인슈타인 꿈꾸었던 대통일이론으로 한 발짝 다가설 수 있었다. 이로 인해 그로스, 윌첵, 폴리처가 노벨 물리학상의 수상 의미가 여기에 있었던 것이다.

우리도 우리 생활에 점근적 자유성을 이해하고 노력해야 할 필요가 있다. 가까운 사람으로부터 진정으로 자유롭고, 혹시나 무슨 일이 있어 멀어져 가려는 경우 다투지 말고 서로 마음을 더 나누어 다시 가까이 할 수 있도록 노력하는 것이 중요하다. 이런 사람 간의 관계에서도 점근적 자유도를 이해하고 풀어내는 사람이 바로 사랑의 노벨상을 탈수 현상이 있지 않을까?

밝음, 매우 밝음

1884년에 뉴욕에서 태어난 안나 엘리나는 어릴 때뿐만 아니라, 성인이 되어서도, 그리고 나중에 할머니가 되어서도 평생 그녀만이 가지고 있던 특색이 있었다. 그것은 언제 어디서나 항상 밝게 웃는 모습이었다. 어릴 때 그녀의 웃는 모습을 본 사람들은 아주 착하고 마음씨 좋은 부모 밑에서 자랐고 경제적으로도 풍요로울 것이라는 생각을 당연히 하는 경우가 대부분이었다. 하지만 그녀는 고아였고, 외할머니와 함께 살고 있었다. 게다가 외할머니는 손자만을 너무나 편애하였고 손녀인 엘리나에게는 거의 무관심한 그런 분이셨다. 그녀는 10대 초반부터 힘든 노동일을 감당해야 했고, 그 일의 대가도 너무나 작았지만, 그저 웃음으로 받아들였다.

고등학교를 졸업하고 대학을 가고 싶었지만 도와주는 사람이 아무도 없었고, 주위의 사람들이 아예 대학 가는 것을 만류하였기에 대학 진학을 포기할 수밖에 없었다. 주위에서 그냥 결혼이나 하라고 어떤 남자를 소개시켜 주었고, 그 남자와 20세에 결혼을 하게 된다. 그리고 아이 6명을 낳아 기르는 동안에도 항상 밝은 웃음을 잃지 않은 채 여섯 명의 아이의 육아에 전념을 했고, 또한 웃으며 남편의 뒷바라지를 했다. 6명의 자녀 중에 한 아이가 사망하게 되었을 때, 그녀는 마음으로 너무 슬펐지만, 자신에게는 아직 사랑할 수 있는 5명의 아이가 남아있다고 스스로를 위로하며 나머지 자녀를 위해 더욱 헌신했다.

그녀의 남편이 39세가 되던 해에 남편은 소아마비로 인해 더 이상 걸을 수가 없게 되었고, 이로 인해 그녀의 남편은 평생을 휠체어를 타고 다녀야 했다. 절망에 빠져 있던 그녀의 남편을 휠체어에 태우고 나와 뒤에서 밀어주며 정원을 같이 산책하면서 밝은 웃음으로 남편을 위로해주었고, 이에 남편은 다시 용기를 얻어 자신의 일을 더욱 열심히 해나가기 시작한다.

그녀가 쓴 글의 일부는 다음과 같다.

〈삶은 선물입니다〉

많은 사람이
당신의 삶을 스쳐 지나갑니다
그러나 진정한 친구들만이
당신의 마음속에
선물을 남깁니다

스스로를 조절하려면
당신의 머리를 사용해야 하고

다른 사람을 조절하려면
당신의 마음을 사용해야 합니다

노여움(anger)이란
위험(danger)에서
단 한 글자가 빠진 것입니다

누군가가
당신을 처음 배신했다면

그건 그의 잘못이지만
그가 또다시 당신을 배신했다면
그때는 당신의 어리석음입니다

큰 사람은 아이디어를 논하고
보통 사람은 사건에 관해 토론하며
작은 사람은 사람들에 대해 얘기합니다

돈을 잃은 자는 많은 것을 잃은 것이며
친구를 잃은 자는 더 많은 것을 잃은 것이고
믿음을 잃은 자는
모든 것을 잃은 것입니다

아름다운 젊음은
우연한 자연의 현상이지만
아름다운 노년은 예술작품입니다

어제는 역사이고
내일은 미스터리지만
오늘은 선물입니다

오늘도 기쁨과 감사 그리고 행복이 넘치는
하루가 되길 바랍니다.

　그녀의 남편은 미국 역사상 유일하게 4번의 대통령직을 수행한 20세
기 최대의 정치가였던 프랭클린 루스벨트였다. 1945년 루스벨트가 뇌

출혈로 사망하자 그녀는 남편의 유지를 받들어 유엔(UN)을 창립하는데 앞장섰고, 유엔 인권이사회 의장이 되어 세계인권선언서를 만드는데 있어 커다란 역할을 하였다.

그녀가 평생의 수많은 어려움을 극복할 수 있었던 것은 삶에 대한 긍정이지 않을까 싶다. 그녀의 밝은 웃음이 그녀의 가장 커다란 삶의 무기였다. 오늘 우리에게 힘들고 어려운 일이 일어나는 것은 이유와 원인이 있거나, 아니면 운명에 의해서일 것이다. 하지만 그 어떤 일이 일어나도 그냥 다 잊어버리고 오늘이라는 선물을 받았음에 밝게 웃어보면 어떨까 싶다. 그냥 밝음은 부족하니 매우 밝은 웃음을 웃도록 하자.

어느 집시 소녀의 사랑

　세계 민담 전집 집시 편에 보면 악마의 바이올린에 관한 이야기가 나온다. 나이 어린 어느 한 집시 소녀가 이웃집에 사는 한 청년을 혼자 좋아하게 되었는데 그 소녀가 간절하게 그 청년과의 사랑이 이루어지길 원하자 악마가 나타나 제안을 하게 된다. 그 소녀에게는 그 소녀의 부모와 형제 네 명이 있었는데, 그 소녀의 모든 가족을 악마에게 바치면 소원을 이루어주겠다고 약속을 한다.

　소녀는 그 청년과의 사랑이 너무 간절해서 악마의 제안을 결국 받아들인다. 이에 악마는 아버지를 바이올린으로 만들고, 엄마는 바이올린의 활로, 그리고 네 형제는 바이올린의 네 가지 현으로 만들어 버린 후 소녀에게 건네 주지만, 소녀는 마음이 너무 아파 바이올린을 간직하지 못한다. 시간이 흘러 이 바이올린은 숲속에서 우연히 발견되고 누군가가 이 악기를 가지고 슬픈 음악을 연주하자, 숲속에서 마구 지저귀던 새들이 소리를 멈추고, 거세게 불던 바람도 잔잔해지면서 이 바이올린 소리를 듣던 모든 사람이 울기 시작하는 것이었다. 슬픈 음악이 끝나고 나서 다시 기쁜 음악이 연주되자 그 소리를 듣던 사람들과 숲속의 모든 동물이 기뻐서 환호를 했다고 한다.

　이후 집시의 후손들은 바이올린을 너무 사랑하여 어디를 가도 바이올린을 가장 많이 연주했고, 그들의 삶과 바이올린은 뗄레야 뗄 수 없게 된다. 집시들은 그들만의 정서를 담아 음악을 만들었고, 바이올린으로 그 음악들을 매일 연주했다. 우리가 너무나 잘 아는 "차르다시"도 사실 집시 음악이었다.

모든 가족을 악마에게 바치고 악마로부터 바이올린을 건네받은 그 소녀는 심정이 어땠을까? 그녀의 사랑은 이루어졌을까? 가족을 대신할 그 무엇이 있는 것일까? 아니면 그녀의 선택처럼 사랑이 우선인 것일까? 만약 가족을 포기하지 않았다면 그녀는 어떤 삶을 살았을까? 자신이 원하는 사랑을 이루지 못한 채 가족과 평생을 함께 했을까? 악마의 바이올린을 받고 나서 그녀의 삶은 도대체 어떻게 되었을까? 애잔한 바이올린의 선율은 그 어떤 선택과도 관계없이 그녀의 아픔을 그대로 나타내는 것인지도 모른다. 우리 삶에서의 선택은 이렇듯 완전하지 않다.

제천 배론 성지

　제천에 가면 천주교의 성지 중에 하나인 배론성지가 있다. 그 곳은 황사영이 숨어 살았던 곳으로 유명하다. 지난 번 배론 성지를 다녀왔는데 황사영백서 사건을 역사에서 배우기는 했지만 말로만 들었을 뿐 그 자세한 내용을 알 수가 없었다. 그 사건은 어쩌면 한 개인을 뛰어넘는 슬프고도 암울했던 한 시대의 어두운 역사이었는지 모른다.

　황사영(1775~1801)은 1801년 조정의 천주교 박해로 교회가 큰 위기에 처하자 이를 타개하고 조선교회를 재건할 방법이 담긴 편지 (일명 황사영백서)를 북경의 천주당으로 보내려다 발각되어, 자신은 능지처참 되고 그 가족은 모두 먼 곳으로 흩어져 유배되며 모든 재산은 몰수당하는 무서운 처벌을 받았다. 또한, 그의 백서를 북경교회에 전달할 책임을 맡았던 황심, 옥천희와 그를 제천의 배론으로 은신하도록 안내해주고 그에게 시시각각으로 박해의 상황을 알려주던 김한빈 등도 모두 참수당하였다. 이처럼 백서와 관련된 인물들이 모두 엄청난 희생을 당한 것은 백서에 담겨있던 내용이 당시 조선왕조의 부패하고 무능한 정권에 대한 일대 혁명을 수행하고 새로운 이상사회를 건설하려는 과격하고도 급진적인 사상으로 가득 차 있었기 때문이다.

　황사영은 16세의 어린 나이인 정조 14년(1790년)에 사마시에 합격하여 진사가 되었는데 특히 정조로부터 특별한 칭찬과 총애를 받았다. 그는 같은 해에 정약현의 딸 정명련과 결혼한 것을 계기로, 처삼촌 되는 정약종으로부터 천주교에 대한 가르침을 받고 천주교에 귀의하게 된다. 1791년 황사영은 그의 외척인 이승훈으로부터 천주교 서적을 얻어보고,

정약종, 홍낙민 등과 함께 신앙에 관해 학습하고 토론하다가 1795년 주문모 신부에게 알렉시오라는 세례명으로 세례를 받게 된다. 이로부터 황사영은 벼슬길에 대한 미련을 버리고, 오로지 천주교 서적을 만들어 사람들에게 전파하고 일에만 전념하였다. 그리하여 주문모 신부로부터 그 능력을 인정받고 정약종과 함께 '명도회'라는 천주교 모임의 주요회원으로 활동하고, 그 하부 조직 하나를 지도하게 된다. 당시 황사영이 지도하던 모임에는 남송로, 최태산, 손인원, 조신행, 이재신 등의 교우들이 활동하고 있었는데 남송로 외에는 모두 평민 이하층에 속하는 것으로 알려졌다. 이는 황사영 자신이 천주교에 입교한 이후 스스로 양반으로서의 지위와 특권을 포기하면서, 당시 사회의 신분질서를 떠나 여러 계층의 교우들과 함께 매우 결속력이 강한 신앙공동체를 조직한 것으로 생각된다. 1796년 황사영은 당시 교회의 주요 인물이었던 이승훈, 홍낙민, 유관검, 권일신, 최창현 등과 함께 주문모 신부의 뜻을 받들어 북경의 구베아 주교에게 바다를 통한 선교사의 파견을 요청하는 서한을 발송하는 일에 관여했다. 그는 때때로 주 신부를 자기 집에 모셔놓고 성사를 받기도 했으며, 신자들을 7일마다 불러모아 미사를 보기도 했다. 1801년 신유박해를 즈음하여 천주교 신도들 사이에서 양반으로서는 정광수와 함께 가장 높은 지도자로 지목되기도 하였다.

1801년 신유박해가 일어나면서 정약종, 최창현 등 교회의 지도자들이 거의 대부분 체포되고 심문을 당하는 과정에서 황사영의 존재가 알려져 조정의 체포대상이 된다. 그러나 그는 관의 추적을 피하여 충북 제천의 배론지역에 사는 김귀동의 집으로 피신하였다. 그곳에서 김귀동은 김한빈과 함께 집 근처에 땅굴을 파고 약 8개월 동안 황사영을 숨겨주었다. 황사영은 배론의 땅굴 속에 기거하면서 이웃에 살던 김세귀, 김세봉 형제에게 교리를 가르쳤으며, 김한빈으로부터 박해의 진상과 주문모 신부의 순교 소식을 전해 듣고, 쓰러져 가는 조선교회를 재건하기 위한 여러 방안을 연구하는 데 전념하게 된다. 이리하여 틈틈이 써 놓은 글을 정리하고 모아 북경 주교에게 도움을 요청하는 글을 적으니 이것이 바로 황사영백서이다(帛書, 백서란 비단에 쓴 글).

황사영은 배론으로 그를 찾아온 황심과 함께 옥천희를 통해 백서를 전달할 계획이었다. 그러나 9월 15일 황심이 체포되고, 이어 9월 20일 옥천희가 체포되었으며, 황심의 진술에 따라 9월 29일 황사영마저 배론에서 체포되었는데 이때 황사영의 옷 속에서 백서가 발견되었다.

이에 따라 11월 5일 황사영은 대역부도 죄인으로 능지처참 당하였고, 다른 이들도 모두 처형되었다. 황사영의 모친과 아내, 아들 또한 변방으로 귀양을 갔으며, 재산과 종들은 관가에 몰수되었다.

그는 신행일치(信行一致)의 정신으로 자신이 옳다고 믿는 바에 대하여는 어떠한 사회적 통념에도 구애되지 않고 철저히 실천하고자 했던 사람이었던 것으로 알려진다.

황사영은 당시의 시대 상황을 세도정치의 전형으로 보고 있다. 그는 그의 백서에서 "이씨가 미약하여 끊어지지 아니함이 겨우 실낱같고, 여왕이 정치를 하니 세력 있는 신하들이 권세를 부리어 국정이 문란하고 백성들의 심정은 탄식과 원망뿐이다"라고 지적하고 있다. 황사영은 당시의 정국이 견제받지 않는 벽파의 강한 정치세력과 정순왕후의 개인적 원한에 의해 움직이고 있다고 생각하였다.

정조 사후에 더욱 세력이 강해진 신하들은 국정을 농단하는 상황이었다. 또한, 당시 나이 어린 국왕의 등극으로 인한 대비 등에 의해 사사로운 정국의 운영이 있었다. 황사영은 대왕대비의 집권 이후 시파 출신의 신하들이 쫓겨났고, 그 결과 벽파는 더욱 견제받지 않는 권력을 휘두르고 있다고 보았다. 즉 정조의 뜻밖의 사망으로 나이 어린 임금이 그 뒤를 이었고, 대왕대비가 수렴청정을 하게 되었는데, 뜻밖의 정권을 잡게 된 대왕대비가 사사로운 정치를 자행했다는 것이다. 황사영에 따르면

"곧 선왕(정조)의 계조모로서 본래 벽파 출신이었는데 일찍이 선왕에 의해서 폐가가 되었던, 친정의 원한을 풀기 위해 벽파를 끼고서 흉독한 짓을 마음대로 했다"라는 것이다. 즉 선왕의 장례를 마치자마자 관직에 있던 시파를 모조리 몰아내 조정의 반이 비게 되었는바, 이처럼 사적인 감정으로 정치를 좌지우지하는 대왕대비인 정순왕후의 존재야말로 세도정치를 낳은 장본인이라는 것이다.

백서에는 당시 세도정치의 특징인 노론 벽파와 정순왕후에 국권의 자의적인 농단과 그로 인한 국정의 문란과 민심의 이반현상을 적나라하게 보여주고 있으며, 이는 순조실록에 기록된 순조 초년기의 정국 상황과도 부합되는 것으로 보인다. 순조 초기에는 관직이 무질서하게 주어지고 척신끼리의 불화로 억울한 죽임을 당하는 사례가 빈번히 일어났다.

이런 상황에서 '대역부도의 죄'로 몰린 황사영 등 천주교도들은 정당성이 없는 세도 정권에 대한 충성을 거부하는 것은 물론 국가의 힘으로 종교의 자유마저 보장받기 어려우니 서양의 힘을 빌려서라도 잘못된 정치를 바로 잡겠다는 생각을 하게 된 것이다.

하지만 종교의 자유가 없었던 시대에 살았던 그들에게는 처참한 죽음만이 기다리고 있었다. 한 개인의 아픔은 시대와 분리될 수 없다. 이는 시대의 아픔이 또한 개인의 아픔이라는 뜻이다. 시대를 외면할 수 없는 개인은 어쩌면 운명인지도 모를 그들의 삶을 살아가야 한다. 우리 시대의 아픔은 무엇일까? 그 아픔을 우리는 알고 있는가? 이 시대를 살고 있는 우리 개인들의 아픔은 무엇일까? 그들의 아픔이 오로지 그들만의 책임일 것인가? 능지처참을 당하여 사지가 찢겨져 죽었지만, 황사영 그의 영혼만은 자유로웠을 것이다.

배론 성지는 지금 따뜻한 봄이 되어 예쁜 꽃들이 피어 있다.

한계령, 설악산 그리고 봉정암

설악산

　한계령은 영동과 영서 지방을 나누는 분수령으로 설악산 국립 공원에 속한다. 한계령을 중심으로 영동지방 쪽으로는 양양이 위치해 있고, 영서 쪽으로는 인제군이다. 해발 1,004m로 설악산 대청봉으로 갈 수 있는 등산로의 시발점이기도 하다. 한계령에서 설악산 쪽으로 보면 웅대한 바위들이 위치하고 있어 장관을 이룬다.　그 옛날, 도로도 제대로 없었던 시절 한계령을 넘어 영동과 영서를 오고 가는 것은 일반인에게는 너무나 힘든 길이었다. 걸어서 무거운 짐을 이고 지고서 그 높은 한계령을 넘을 수밖에 없었던 서민들의 삶의 애환은 말로 표현할 수 없었을 것이다.

　20년이 넘도록 무명 시인으로 활동한 정덕수 선생은"한계령에서"라는 시를 썼다. 그는 강원도 양양 산골 오색에서 태어나 집안이 너무 가난해 초등학교도 간신히 졸업할 수밖에 없었다. 초등학교 졸업 후 생계를 위해 나무 지게 일을 했다. 하지만 그는 시인의 꿈을 접지 않고 배고픔을 참아가며 시를 썼다. 어린 시절 집을 나간 어머니를 그리워하며 자신의 고향인 한계령을 보고 있을 때, 문득 주위의 산이 그의 마음에 다가와 그에게 울지 말라고 위로를 전해주는 소리를 듣고 시를 쓴 게 아닌가 싶다. 그에게 인생은 힘들고 고통스러웠지만, 그리고 어린 시절 아픈 추억에 눈물이 났지만, 산은 조용히 그에게 다가와 울지 말라고 하지 않았나 싶다. 그 모든 상처를 그저 가슴에 묻고, 홀로 되신 아버지를 위해 그저 바람처럼 살다 가라는 산의 소리를 그는 들은 것이 아닌가 싶다.

처음에는 그가 쓴 시를 아는 사람이 거의 없었지만, 이 시가 "한계령"이라는 가요로 만들어졌고 애환 서린 양희은 씨가 이 노래를 부름으로써 전 국민이 사랑하는 대중가요가 되었다. 이후 한계령이라는 노래는 거친 시대를 살아가는 서민들의 고달픈 삶에 대한 연민과 위로를 아낌없이 전해주었다.

〈한계령에서〉

정덕수

온종일 서북주릉(西北紬綾)을 헤매며 걸어왔다.
안개구름에 길을 잃고
안개구름에 흠씬 젖어
오늘, 하루가 아니라
내 일생 고스란히
천지창조 전의 혼돈 중에 헤메일지.

삼만육천오백 날을 딛고
완숙한 늙음을 맞이하였을 때
절망과 체념 사이에 희망이 존재한다면
담배 연기 빛 푸른 별은 돋을까?

저 산은,
추억이 아파 우는 내게
울지 마라 울지 마라 하고
발아래 상처 아린 옛이야기로
눈물 젖은 계곡
아, 그러나 한 줄기
바람처럼 살다 가고파
이 산 저 산 눈물
구름 몰고 다니는
떠도는 바람처럼

저 산은,
구름인 양 떠도는 내게
잊으라
잊어버리라 하고
홀로 늙으시는 아버지
지친 한숨 빗물 되어
빈 가슴을 쓸어내리네
아, 그러나 한 줄기
바람처럼 살다 가고파
이 산 저 산 눈물

구름 몰고 다니는
떠도는 바람처럼

온종일 헤매던 중에 가시덤불에 찢겼나 보다
팔목과 다리에서는 피가 흘러
빗물 젖은 옷자락에
피나무 잎새 번진 불길처럼
깊이를 알 수 없는 애증(愛憎)의 꽃으로 핀다.
찬 빗속 꽁초처럼 비틀어진 풀포기 사이 하얀 구절초
열 한 살 작은 아이가
무서움에 도망치듯 총총이 걸어가던
굽이 많은 길
아스라한 추억 부수며 관광버스가 지나친다.

저 산은
젖은 담배 태우는 내게
내려가라
이제는 내려가라 하고
서북주릉 휘몰아온 바람
함성 되어 지친 내 어깨를 떠미네
아, 그러나 한 줄기
바람처럼 살다 가고파
이 산, 저 산 눈물
구름 몰고 다니는
떠도는 바람처럼

8월 20일 수서역에서 오송 가는 SRT를 탔다. 청주에서 현길 아우를 만나 밤 10시 설악산을 향해 출발했다. 한계령에 도착한 건 밤 1시가 조금 넘은 시간이었다. 등산로는 아직 닫혀 있었고, 3시에 개방한다고 하여 차에서 잠시 쉬면서 눈을 붙였다. 새벽 3시가 되어 등산로가 개방이 되면서 바로 등반을 시작했다. 설악산의 최고봉인 대청봉까지는 약 8.5km 정도였다. 아직 주위가 너무 어두워 아무것도 보이지 않아 랜턴 하나에 의지해 산행을 시작했다. 한계령에서 대청봉까지 가는 길은 생각보다 너무 험했다. 일반 등산로는 얼마 되지 않았고 중간에 각종 암석이 불규칙적으로 끝도 없이 계속되어 있어 야간 산행이 여간 힘든 게 아니었다. 아직 몸도 풀리지 않아 험한 길을 오르기가 쉽지 않았다. 그렇게 완전히 깜깜한 상태로 2시간 30분 정도를 오르자 주위가 서서히 밝아오기 시작했다. 그리고 두 시간 정도를 더 올라 대청봉에 도착하니 아침 7시 30분이었다.

대청봉은 해발 1,708m로 한라산 1,950m, 지리산 1,915m에 이어 남한에서 세 번째 높은 산이다. 아마 우리나라에 있는 산 중에 대청봉을 중심으로 사방에 펼쳐져 있는 웅장한 기암괴석으로는 최고의 풍광이 아닌가 싶다. 다행인 것은 날씨가 조금 흐린 가운데서도 동쪽으로 동해가 보였다. 산 정상인 대청봉에서 바라본 세상은 너무나 작아 보였다. 속초에 있는 아파트 단지도 보였는데 성냥갑보다 작은 듯했다. 저렇게 작은 세상에서 우리는 아등바등 살고 있을 뿐이다. 산 정상에서 바라보면 정말 아무것도 아닌 듯한 세상인데, 그곳에서 우리는 미워하고, 다투고, 자신의 이익만을 위해 그렇게 살고 있는 것이다. 멀리서 보면 아무것도 아니고 지나고 나면 별것도 아닌 것인데 살아가고 있는 그 당시는 그러한 것들이 우리 눈에 그렇게 크게 보이니 삶은 아이러니일 수밖에 없다.

대청봉에서 내려와 봉정암으로 향했다. 봉정암으로 출발하기 시작할 때가 8시 무렵이었는데 이때부터 비가 추적추적 내리기 시작했다. 빗방

울이 굵어지기 시작해서 우비를 입고 산행을 계속했다. 봉정암에 도착하니 9시 정도가 되었다.

봉정암은 백담사의 부속 암자이다. 대표적인 불교 성지인 5대 적멸보궁 중의 하나이며, 불교도들의 최고의 순례지로 유명하다. 대청봉에서 2km 정도 걸린다. 해발 1,244m에 위치하고 있는데 양쪽의 거대한 바위 중간에 위치하고 있어 그 웅장함에 저절로 감탄이 나온다. 봉황새가 산 정상에 앉아 있는 듯한 모습이어서 봉정암(鳳頂庵)이라 이름 붙여진 듯하다. 봉정암은 완전히 외부로부터 분리된 듯한 곳에 위치해 있었다. 대청봉에서 백담사로 가는 도중에 봉정암으로 가는 사잇길이 있었는데 완전히 가파른 돌멩이로만 이루어진 길로 쉽게 사람들이 다닐 수 없는 완전히 외진 곳이었다. 봉정암에 도착하니 9시 정도가 되었다.

적멸보궁은 석가모니의 진신사리를 모신 사찰을 말한다. 적멸보궁은 불상을 따로 모시지 않고 진신사리를 모신 곳을 향해 큰 창을 만들어 놓는다. 석가모니의 진신사리가 그곳에 있기에 별도의 불상을 만들지 않는 것이다. 대신 그 창을 통해 그 석가모니의 진신사리를 참배할 수 있다.

우리나라는 신라시대 선덕여왕 12년인 643년 자장율사가 당나라에서 갔다 돌아올 때 석가모니의 진신사리를 처음으로 가지고 들어왔다. 그는 이 사리를 양산의 통도사, 오대산의 상원사, 설악산의 봉정암, 영월의 법흥사에 나누어 봉안하여 당시 4개의 적멸보궁이 생겼다. 그 후 임진왜란 당시 서산대사가 왜군이 석가모니의 진신사리를 약탈할 것을 염려하여 통도사에 있던 진신사리를 자신이 있던 묘향산으로 옮겼다가 임진왜란 이후 반은 통도사로 반은 정선의 정암사로 옮겨 적멸보궁이 5개가 된 것이다. 정선의 정암사는 석가모니의 진신사리를 가지고 온 자장율사가 열반에 들었던 곳이라서 서산대사가 그곳으로 진신사리 일부를 옮겨 보관하게 하였다. 물론 그 이후에 석가모니의 진신사리가 다른 경로를 통해 들어와 현재에는 다른 사찰에도 모시고 있으나 자장율사가 우리나라에 처음으로 가지고 들어온 진신사리가 의미가 있어 이 5대 적멸보궁을 불교계에서는 가장 소중히 생각한다.

동트기 시작하는 설악산

봉정암에 도착해서 주위를 보니 정말 사방이 산으로 둘러싸여 있어 쉽사리 올 수 있는 곳이 아닌 듯했다. 우선 대웅전을 가보았는데 예불 시간이었는지 몇 명의 신도들과 스님이 독경을 하고 있었다. 대웅전 안에서 정말 불상이 하나도 없었다. 대웅전 전면에는 완전한 통유리로 앞을 훤히 볼 수가 있었고, 이 유리를 통해 대웅전에 앉아서 바로 석가모니의 진신사리가 모셔져 있는 사리탑을 볼 수 있는 것이었다. 봉정암은 석가모니의 진신사리가 모셔져 있었기에 신라시대 원효, 보조 등 우리나라의 수많은 고승들이 이곳에서 수행했다고 한다.

봉정암

　봉정암에서 30분 정도를 머물고 다시 대청봉 쪽으로 가서 한계령으로 하산을 해야 했다. 차를 한계령 휴게소에 주차를 해 놓았기 때문이다. 9시 30분 정도에 봉정암을 출발했는데 비가 더 거세게 쏟아지기 시작했다. 하늘을 보니 멈출 것 같지 않은 예감이 들었고 하산할 때까지 계속 비가 내릴 것 같은 느낌이 들었다. 봉정암에서 한계령까지는 5시간 정도가 더 걸릴 텐데 하산하기가 쉽지 않을 것이란 생각이 들었다. 점점 비는 더 쏟아지기 시작했고, 우비를 걸쳤으나 아무 소용이 없었다. 우비는 체온이 떨어지는 것만 예방할 수 있었고 내리는 비에 온몸이 다 젖어들기 시작했다. 시간이 지나도 비는 그칠 줄을 몰랐고, 결국 윗옷과 바지는 물론 속옷까지 전부 젖어 물에 빠진 생앙쥐처럼 되어버렸다. 신발뿐만 아니라 양말까지 전부 물에 빠진 듯해서, 걸음을 걸을 때마다 양말에서 물이 질컹질컹 새어 나왔다. 게다가 바람이 계속 심해지기 시작하면서 산속의 날씨는 마치 10월 말이 된 듯했다. 갑자기 온몸이 추위를 느끼게 되면서 몸이 으스스 떨려 왔다. 휴식을 취하면 체온이 더 내려갈 것 같아서 되도록 쉬지 않고 계속 산행을 했다. 이날 오전 8시부터 내리기 시작한 비는 우리가 한계령에 도착한 오후 3시까지 중간에 한 번도 그치지 않고 줄기차게 계속되었고, 졸지에 7시간 이상을 비를 맞으며 산행을 해야만 했다.

한계령에서 대청봉으로 가는 길은 워낙 암석들이 중간에 너무 많이 계속되어 있어서 올라가는 것보다 내려오는 것이 오히려 더 힘이 들었다. 예전에 교통사고로 다쳤던 무릎이 이상해지기 시작하면서 다리가 제대로 움직여지지 않았다. 나중엔 아예 다리가 풀리면서 자꾸 균형을 잃어 내 몸이 휘청거리기 시작했다. 그래도 어쩌겠는가? 참고 걸을 수밖에 없었다. 나중엔 너무 힘이 들어서 아예 아무 생각도 나지 않았다. 그렇게 5시간 이상을 걸어 한계령에 도착하니 오후 3시가 조금 넘어 있었다. 간단히 세수만 하고 차를 타고 청주로 향했다. 어머니께로부터 전화가 와서 빨리 집으로 가야 했다. 집에 도착하고 나니 저녁 7시였다. 어머니께서 원하는 일을 내가 처리하고 간단히 저녁을 먹고 나니 갑자기 모든 긴장이 풀리면서 허리와 다리가 쑤셔오기 시작하더니 몸이 무너져 내려버리고 말았다. 이날 내가 걸은 걸음은 정확하게 55,098보였다.

인제 곰배령

아침 7시 30분 중앙보훈병원 3번 출구에서 춘섭이형을 만나기로 했다. 전날 좀 일찍 잤어야 했는데 미스트롯을 보다 너무 재미있어서 결과가 궁금해 중간에 끊고 잘 수가 없었다. 김연지가 10분내로를 너무 잘 불러 1등이 되나 싶었는데 마지막에 홍지윤이 배 띄어라를 불렀는데 정말 너무 잘 불러 1등이 되었다. 아마 최종적으로 이번 시즌의 진이 되지 않을까 미리 예상 해 보았다. 내 예상이 가끔씩은 맞는다. 미스트롯이 다 끝나니 1시가 가까웠는데 다른 일을 하느라 2시 넘어서 잠자리에 들었다. 그런데 바로 잠이 안와 뒤척이다 4시 반에 또 눈이 떠지는 거였다. 한번 눈이 떠지니 더 이상 잠이 안와서 시를 한 편 썼다. 블로그에 올리고 산에서 마실 따뜻한 물을 준비했다. 집에서 평상시에도 자주 먹는 것인데 대추하고 도라지를 깊이 우려내어 만든다. 향이 진하지도 않고 깊은 맛이 있다고나 할까. 차하고는 또 다른 느낌의 물이다. 이 물을 따뜻하게 데워 보온병에 담았다.

간단히 씻고 집을 나서는데 뭔가가 빠진 것 같았다. 나중에 알고 보니 점심 먹을 걸 준비를 못한 것이다. 나는 요즘 자꾸 깜박깜박한다. 예전엔 안 그랬는데. 초코바를 가져가니 그거 먹으면 되겠지하고 그냥 차를 몰아 중앙보훈병원에 7시쯤 도착했다. 길 옆에 차를 대고 핸드폰을 하면서 기다리니 형이 7시 25분 쯤 와서 바로 출발했다.

수도권 제1 순환도로를 타고 송파와 하남을 거쳐 가야 했는데 오전 시간이라 출근하는 차로 인해 길이 막힐 거라 생각했는데 수월하게 지체되지 않고 서울을 빠져나갈 수 있었다. 곰배령에 10시에 입산하는 것으로 예약을 해 놓아서 너무 늦으면 입산을 할 수가 없다. 곰배령은 자연 자원 보호 지역이라 예약을 한 사람에 한해 입산이 허용된다. 하루에 몇백명 정도 밖에 입산을 할 수 없다.

하남에서 미사리를 빠져 나와 서울양양 고속도로를 이용했다. 중앙보훈병원에서 곰배령까지는 약 170km 정도 된다. 남양주, 강촌, 춘천, 홍천을 지나니 서서히 태백산맥이 나타났고, 두 시간 좀 더 걸려서 인제에 도착했다. 고속도로를 빠져 나와 설피마을을 거쳐 곰배령까지 10분 정도밖에 안 걸렸다. 잠깐 화장실에 들렸다가 점봉산 생태관리센터에 가서 예약한 것을 확인받고 입산 허가증 같은 파란색 플라스틱을 받은 후 등산을 시작했다. 관리센터 앞에 있는 안내판을 보니 곰배령은 점봉산에 정상이 아닌 조금 아래에 위치해 있었다. 점봉산은 해발 1424미터였고 백두대간의 한 줄기이며 북쪽으로는 1708미터의 대청봉과 1296미터의 향로봉과 연결되어 있었다. 점봉산은 우리나라 식물 서식종의 약 20%인 850종이 분포하고 있고, 인위적인 훼손이 가장 적은 천연상태로 전형적인 온대 활엽수림 지역이라고 안내판에 적혀있었다. 출발할 때 시간을 보니 10시였다.

막 산에 올라가려 나서기 시작하는데 산에서 부는 바람이 장난 아니게 심했다. 조금 불다 말겠지 하고 그냥 가는데 귀가 떨어져 나갈 정도로 바람이 거셌다. 춘섭이형이 말했다. 산에 올때는 150% 준비해야 된다고. 난 모르는 게 너무 많은 것 같다. 게다가 준비성도 하나도 없는 것 같다. 아무 생각도 없이 그냥 대충대충하고 집을 나선다. 다행히 목도리를 항상 가방에 넣고 다녔는데 목도리가 없었으면 정말 추워 고생을 많이 했을 것이다. 산을 15분 이상을 올라가도 계속되는 산바람은 얼굴을 얼얼하게 얼어붙게 만들었다. 계곡을 타고 내려오면서 바람이 점점 강해져서 그런 것 같았다.

아직 2월 초라 계곡의 물은 꽁꽁 얼어붙어 있었다. 바람소리도 장난 아니게 컸다. 평상시 밤이나 새벽에 바람소리가 들리면 마음이 평안해지는데 곰배령의 바람소리는 너무 요란해서 얼른 바람이 잠잠해졌으면 했다.

전날 눈이 많이 왔을거라 기대를 했는데 눈이 많이 오지는 않았는지 등산길 초입에는 쌓인 눈이 별로 없었다. 작년에 춘섭이형하고 간 오대산은 눈이 무릎까지 쌓여 헤치고 나가는 재미가 있었는데 오늘은 그런 건 못 느낄 것 같았다. 관리센터에서 아이젠을 하라고 했지만 길이 그리 미끄럽지 않아 아이젠을 하지 않고 그냥 걸었다.

15분 정도 걸으니 바람 소리가 잦아 들기 시작했다. 살을 에는 듯한 바람이 줄어드니 마음 편안히 등산할 수 있었다. 아마 지형의 특성상 그 지역이 유난히 바람이 센 듯 했다. 길이 점점 줄어들고 눈이 조금씩 많아지기 시작했다. 주위엔 이름도 모를 많은 나무들이 있었다. 관리센터에서 나무에 명찰 같은 것을 붙여 놓아 보았더니 물푸레나무, 전나무, 자작나무 같은 종류가 많았다. 나무의 굵기로 보아서는 그리 오래되지 않아 보였다. 둘레가 한 아름 될 정도의 나무는 거의 찾아볼 수 없었다. 춘섭이형이 일본에 갔을 때 7000년이 넘은 나무를 본 적이 있었다고 했다. 700년도 아니고 나무의 수령이 7,000년이라니 상상이 안 갔다.

나무는 진짜 오래 사는 것 같다. 그런데 나무를 보면 솔직히 나는 나무가 너무 불쌍하다. 태어나서 죽을 때 까지 항상 평생을 그 자리에서 살아야 하니 얼마나 답답할까? 어디를 가고 싶어도 갈 수 없고 보고 싶은 데가 있어도 가지를 못하니. 다녀 보면 좋은 데가 너무 많은 데. 어디를 자유롭게 다닐 수 있다는 것만 해도 너무 행복한 것이다. 앞으로 10년 정도는 여유를 가지고 여기 저기 다니면서 좋은 것을 많이 보고 싶다는 생각이 요즘 부쩍 들었다. 우리 나라에서도 아직 안 가본 곳이 너무나 많다. 그런데 솔직히 나는 죽기 전에 가보고 싶은 곳이 몇 군데 있기는 하다. 티벳이나 아프리카 킬리만자로, 남극이나 북극 같은 데를 가보고 싶다. 내 주제도 모르고 하는 얘기이긴 하지만 그게 사실 내 꿈이긴 하다. 남극에 가서 펭귄하고 수영도 하고 싶다. 지금 이 얘기를 하고 있는 내가 생각해도 우습기는 하다. 그러려면 수영을 정말 열심히 해야 하는데.

한 시간 정도 걸어가다 쉼터가 있어 잠시 쉬면서 음료수와 초코바 그리고 춘섭이형이 준비해 온 김밥과 곶감을 먹었다. 조금 지치는 듯 하였지만 뭔가를 먹으니 기운이 새로 생겼다. 형과 이런 얘기 저런 얘기를 하며 걷는 게 너무 재밌고 좋았다. 마음이 편한 사람은 따로 있는 듯 하다. 요즘엔 많은 사람을 만나고 싶지는 않다. 만나서 힘들고 불편한 사람을 가급적 피한다. 나에게는 많은 사람을 만날 만큼 여유가 있지는 못하다. 새로운 사람을 알아가는 것도 나에겐 벅차다. 그냥 편하고 서로를 어는 정도 배려해 주는 사람이 좋다. 주위에 편한 사람들이 많았으면 좋겠다.

새롭게 기운을 내서 다시 출발했다. 중간에 산길에 얼음도 나와 조심스럽게 지나고 눈도 어느 정도 있어 밟아가는 재미로 가다 보니 곰배령이 가까워지는 듯 했다. 작은 고개를 넘으니 드디어 전면에 곰배령이 나타났다. 아, 정말 너무 멋있었다. 언어로 표현하기에는 솔직히 멋있다는 것으로는 부족하다. 곰배령을 정면으로 그 주위는 엄청히 넓은 초원지대의 평원이었다. 일종의 고원이라고 할까? 드넓은 초원에 나무는 거의 없었고 그 초원 위로 온통 하얀 눈 세상이었다. 눈꽃으로 덮인 초원이라고나 할까? 온통 눈으로 덮인 세상은 참으로 아름답고 평화로왔다. 시야에 보이는 모든 것이 하얀 색을 덮여 있었다. 불어오는 산바람에 눈이 날려 주위로 흩어져 가는 모습도 일품이었다. 나의 언어의 한계로 인해 그 아름다운 모습을 제대로 표현하지 못하는 것이 아쉬울 뿐이다. 눈으로 실제 봐야 한다. 직접 보고 가슴으로 느껴야 할 곳이 이런 곳이 아닐까 싶다. 평생 처음 와 본 곳이지만 정말 또 한번 와보고 싶다는 생각이 들었다.

겨울의 곰배령

곰배령은 곰이 누워서 배를 내밀고 있는 모습이라서 그렇게 이름을 지었다고 한다. 정말 멀리서 보니 이름에 맞게 커다란 곰이 산에 누워 있는 듯 했다. 눈을 들어 보니 하늘이 열린 듯 했다. 하늘과 산과 눈 이

것 밖에 없었다. 무에서 시작된지 얼마 안 된 듯 한 느낌이 들었다. 모든 것은 무에서 시작되는 것인지도 모른다. 태초 아무 것도 없었지만 전자가 생기고 양성자와 중성자가 생기면서 합쳐져 핵을 이루고 핵과 전자가 결합하여 원자가 생기고 원자들의 모임으로 원소들이 탄생한다. 물질이 무에서 나타난 것이다. 물질의 존재는 만유인력을 만들어 내고 그 만유인력으로 인해 우주라는 공간에서 별이 만들어지고 그 일부는 행성으로 되면서 그 행성위에서 생명체가 나타난다. 그리고 우리 인간이 그 공간에 존재하게 되었다. 인간은 자연의 극히 일부에 불과하다. 자만하는 순간 자연의 일부로서도 존재할 수 없게 된다. 그것이 섭리이다.

곰배령은 무다. 무에서 어떻게 무엇이 시작될 수 있는지 보여주는 공간이다. 그 공간에 나와 형이 서 있었다. 어떤 것이 시작될 수 있는 공간에 서 있었다. 탁 터진 공간에 존재 할 수 있었다. 그리고 그 공간과 더불어 서 있었던 우리의 순간은 영원할 것 같았다.

오대산 수정암

오대산에 올랐다. 새해가 시작되고 얼마 지나지 않았다. 월정사에서 하루를 지내고, 춘섭이형과 함께 길을 걸었다. 등산로는 버렸다. 아무도 다니지 않은 산길에 눈은 무릎 정도까지 빠졌다.

사람 다닌 흔적도 거의 없고 좁은 오솔길이 계속되었다. 어느 구간은 경사가 너무 가파랐다. 넘어지기도 하면서 힘들게 올라갔다. 점점 지쳐가고 언제 도착할지 조금씩 막막해져 갔다. 한시간 정도 지나 겨우 수정암에 닿았다.

아! 이건 뭐지?

세상에 이런 데가 있었나? 생전 처음 보는 광경이었다.

오대산 정상은 아니었지만 여기가 가장 높은 것 같은 착각이 들었다.

눈앞에 확 터진 전경으로 가슴이 터졌다. 해가 얼마전에 떠 구름 속에서 자신을 감추고 하이얀 빛으로 산맥 전체를 비추고 있었다.

하늘과 자연과 인간.

인간은 대자연에 비하면 정말 미천한 존재다. 세상이 다 아래로 내려다 보이는 그곳에 조그마한 수정암이 있었다.

8평 정도 될까? 두 칸 정도의 수행암자다. 그 곳엔 오랜 기간 혼자서 수행하시는 스님 한 분만 계셨다. 등산객 진입금지라는 푯말이 있었지만, 우리는 조용히 삽짝문을 열고 암자 옆에서 오대산을 바라 보기만 했다. 분명히 안에 계시는 것 같은데 아무런 반응이 없었다.

형과 나는 조용히 기다렸다. 그냥 일반 등산객이 아니라는 생각이 드셨던지 문을 열고 스님이 나왔다. 첨엔 그리 반갑지 않은 눈치였다. 당연히 등산객 금지 푯말이 있었으니 말이다.

"조금 쉬었다 가려구요."

춘섭이 형이 말했다.

스님은 아무 표정 변화도 없이 눈만 껌벅껌벅 하시다 추울텐데 들어와 몸이라도 녹이고 가라고 했다.

그렇게 생전 처음보는 스님과 얘기를 했다. 스님은 사과, 단감과 차를 끓여 주시면서 조금씩 얘기를 했고, 처음에 가지고 계시던 경계심을 조금씩 푸셨다. 그리고는 우리는 정말 오래 동안 알고 지낸 사람들 처럼 많은 이야기를 나누었다.

가장 중요한 화두는 "나는 누구인가?" 였던 것 같다.

내가 없으면 우주가 없다. 우주가 나다. 현재 행복하지 않은데 미래가 행복해질 수 있을까? 오늘을 채우지 못하는 데 내일이 오면 무슨 소용인가? 사람 바라보지 마라. 기대하지도 마라. 이 세상에 나와 같은 생각을 가지고 있는 사람은 한 명도 없다. 내가 있어야 모든 것이 의미가 있다. 내려놓고 다 맡겨라. 이런 저런 이야기를 두서 없이 강물이 흘러가듯 나누고 또 나누었다. 시계를 보니 세 시간이 훌쩍 넘어가고 있었다.

가슴이 저렸다. 살아있음에 감사하자. 아쉬움을 뒤로 한 채 방에서 나왔다. 스님은 삽짝까지 나와 우리를 배웅해 주었다. 사람을 그리워하는 스님의 마음이 느껴졌다. 우리 가는 뒷모습을 계속 쳐다보고 계셨다. 다시 일상으로 돌아가야 한다는 것이 마음을 짓눌렀다.

오대산 수정암에서

합정동 절두산에서

2호선 합정역에서 내렸다. 7번 출구로 나와 500여 미터를 걸어가니 절두산 순교성지가 있었다. 이곳은 1866년에 시작된 병인박해 당시 수많은 카톨릭 신자들이 참수되었던 아픔의 장소다.

1858년 광저우항에 머물고 있던 애로우호를 청나라 관헌이 검문하여 중국인 선원을 체포하였는데, 이 배의 국적은 영국이었다. 영국은 이를 빌미로 프랑스와 연합하여 광동성을 점령하였고 기세를 몰아 텐진까지 압박하였다. 이를 계기로 중국은 러시아, 미국, 영국, 프랑스와 각각 텐진조약을 맺게 된다.

중국과 러시아 간에 맺어진 조약으로 인해 러시아는 연해주 지방을 차지하게 되었고 조선과 러시아는 두만강을 사이에 두고 국경을 맞대게 되었다. 이에 따라 러시아는 두만강을 건너와 조선과 통상을 요구하였고, 이에 흥선대원군을 비롯한 조선의 조정은 크게 당황하며 위기의식을 느낀다.

이때 남종삼은 대원군에게 조선과 프랑스 사이에 조약을 체결하여 나폴레옹 3세의 위력을 이용하면 러시아에 대항할 수 있을 것으로 의견을 제시하고, 당시 조선에 머무르고 있는 프랑스 주교 베르뇌와 만나볼 것을 건의한다.

대원군은 러시아의 남하를 막을 수 있다면 천주교도들의 신앙의 자유를 보장해 주겠다고 암시를 하였다. 하지만 기다리던 베르뇌는 한 달이 지나서야 서울에 도착하였는데, 이 한 달 사이에 조선의 조정에서의 상황은 급격히 바뀌게 된다.

당시 청나라에서 영국과 프랑스 연합군이 북경을 함락하였는데 청나라는 이에 대한 저항으로 천주교를 탄압하게 된다. 청나라의 천주교 탄압소식은 반 대원군 세력들이 천주교를 이용하려는 대원군에게 공세를 취하게 되고, 이에 대원군은 정치적 안정을 위해 천주교를 탄압하는 정책으로 전환한다. 게다가 운현궁에도 천주교가 침투했다는 소문이 퍼져 조대비까지 천주교를 비난하자 대원군은 천주교 박해령을 선포하기에 이른다.

이에 따라 병인년인 1866년 2월 베르뇌를 비롯하여 당시 천주교의 핵심인 홍봉주, 남종삼, 김면호등을 비로한 대표적 천주교인들과 수천명의 교인들을 서울 및 지방에서 처형하게 된다. 당시 프랑스 선교사 9명이 죽자 피신해 있던 리델 신부는 조선을 탈출하여 텐진으로 가서 당시 프랑스 함대 사령관이었던 로즈에게 이 사실을 알린다. 로즈는 10월에 프랑스 군함을 끌고 와 프랑스 선교사를 죽인 것에 대한 책임을 물으며 무력시위를 하는데 이것이 바로 병인양요다.

대원군은 이에 국가적 위기 의식을 느끼고 더욱 천주교를 박해하기에 이르러 1871년까지 8,000명에 이르는 천주교인을 처형하였으니 이것이 바로 병인박해다. 병인박해는 병인년인 1866년에 시작되어 1871년까지 거의 6년 동안 계속되게 된다. 병인박해 당시 독실한 천주교인들은 거의 다 사망하게 되었고 이로 인해 조선에서의 천주교는 크게 쇠퇴하기에 이른다.

현재 마포구 합정동에 위치한 잠두봉에서 병인박해 당시 수많은 사람들이 참수되었는데 이로 인해 이곳을 절두산이라 부르기도 한다. 세월이 흘러 1984년 교황 요한 바오로 2세의 방한을 계기로 우리나라 카톨릭 신자 중 김대건 신부를 비롯한 101명이 24성인에 오르게 된다. 이중 24명은 병인박해 당시 처형되었던 분들이다. 절두산 순교성지엔 현재 김대건 신부 동상이 서 있고, 외국인 순교묘지도 있다.

절두산에서 내려다 본 한강은 아름답기 그지 없었다. 하지만 그 자리에서 참수를 당했던 수많은 사람들의 피가 한강으로 흘러갔음을 생각하니 마음이 너무 무거웠다. 종교의 자유마저 없었던 시절 죽어갔던 그 수많은 영혼들을 어떻게 위로해야 할까?

백두대간을 오르며

백두대간은 백두산에서 지리산까지 약 1800km를 말한다. 조선 시대 "산경표"에는 '산은 강을 넘지 못하고 물은 산을 건너지 않는다'라는 말이 있다. 이를 따르면 백두산부터 지리산까지 물 하나 건너지 않고 산줄기만 따라 걸을 수 있다. 산경표에는 우리나라 산을 1 대간 1 정간 13 정맥으로 분류한다. 1대 간이 바로 백두대간으로 북한에 있는 백두산부터 백사봉, 두류산, 희사봉, 차일봉, 철옹산, 금강산과 이어 남한에 있는 설악산, 오대산, 태백산, 소백산, 속리산, 덕유산, 지리산까지를 말한다.

어느 날 갑자기 산이 오르고 싶어졌다. 아무 생각 없이 백두대간 동호회에 가입을 했다. 일단 시작을 해보고 싶었다. 북한에 있는 곳은 갈 수가 없지만, 남한에 있는 지리산부터 진부령까지는 가능하다. 지도상으로는 거리가 730km 정도이지만 실제로 걷는 거리는 1,000km가 넘는다. 설악산부터 지리산까지 이어서 쭉 걷고 싶었지만 현실적으로 불가능하기에 중간중간 끊어서라도 일단 걷고, 나중에 혼자서라도 시간을 내어 중간에 걷지 못한 구간을 다시 걷는 방법으로 완주를 계획했다.

주위의 사람들이 왜 힘들게 그런 일을 하느냐고 묻는다. 산을 걷다 보면 아무 생각 없이 자연과 하나가 될 수 있는 몰입의 시간을 가질 수 있고, 내가 나로 만날 수 있는 기회가, 내가 살아있음을 느낄 수 있는 시간이 된다.

사실 어릴 때부터 산을 좋아했다. 초등학교에 들어가기도 전에 일요일 새벽이면 아버지가 나를 깨우셨다. 아버지와 함께 집 뒤에 있는 우암산 정상까지 올라갔다 내려오곤 했다. 아버지와 산에서 함께 했던 그 시간들이 나는 너무 좋았다. 내려오면서 약수터에서 시원한 물을 마시다 보면 세상 부러울 것 없는 어떤 만족감을 느꼈다. 대학 다닐 때 친구들과도 산을 많이 다녔다. 하지만 미국에 가서 사고를 당한 후 오랫동안 산을 다닐 수 없었다. 오랜 시간이 지났다. 이제 산을 다닐 수 있다. 더 나이가 들면 다시 산을 오르지 못할 것이다. 앞으로 몇 년이 내가 인생에서 산을 오를 수 있는 마지막 기회인 것이다. 오를 수 있을 때 올라야 한다.

지난겨울 처음으로 동호회와 함께 백두대간을 올랐다. 동호회는 서울을 중심으로 운영이 되고 있었다. 사당역에서 밤 11시에 출발하여 새벽 3시 정도부터 산행을 시작해서 열 시간 정도 백두대간의 일부를 걷고 다시 서울로 향하는 일정이었다. 그 날은 덕유산 구간이 예정되어 있었다. 10시 반쯤 사당역에 도착하여 동호회 분들을 만났다. 인사를 하고 버스에 올랐다. 사당을 출발한 버스는 거침없이 밤의 고속도로를 달려 덕유산 구간의 산 아래에 도착했다. 처음이라 그런지 버스에서 잠을 하나도 못 잤다. 다른 분들은 익숙한 일정이었는지 모두들 잘 자는 듯했다.

새벽 3시가 조금 안 된 시간이었지만 산행을 출발했다. 약 20km 정도의 거리를 10시간 정도 걷는 일정이었다. 후미에서 출발한 나는 너무 처지면 안 될 것 같아 중간으로 나섰다. 앞에 가던 사람들을 따라잡으려 했다. 쉽게 따라잡을 수 있으리라 생각했지만 그건 나의 착오였다. 그분들은 뒤에 누가 오는지 상관하지 않고 그냥 내달려 버리듯이 산을 오르는 것이었다. 앞사람들을 완전히 놓쳐 버리고 말았다. 도저히 따라잡을 수 있을 만한 거리가 아니었다. 뒤에 오는 분들은 너무 처져서 아예 보이지 않았다. 아무리 기다려도 뒤에서 따라오는 분들의 인기척이 없었다.

시간은 새벽 4시였는데 뭔가가 잘못됐다는 느낌을 받았다. 이런 불길한 예감은 예외 없이 적중한다. 앞에 가던 사람들, 뒤에 따라 오는 사람들과 완전히 고립되어 나 홀로 되어 버리고 말았다. 덕유산 한복판에서 길도 모른 채 완전히 깜깜한 곳에서 나 혼자 길을 찾아가야 했다. 백두대간은 일반 산과 다르다. 어느 구간은 아예 등산로가 없는 곳도 있다. 주위에 다른 등산객도 전혀 없었다. 갑자기 공포감이 몰려왔다. 다리가 후들거렸다.

깊은 산 속에서 길을 잃으면 어떻게 되는지 산을 조금 아는 사람들은 이해할 것이다. 주위의 풀들은 겨울이었지만 내 키보다 훨씬 높았다. 안개도 심하게 끼어 있었다. 갑자기 정신이 몽롱해졌다. 두렵고 무서웠다. 주저앉아 버릴 것만 같았다. 이럴 때 아무 생각을 하지 않아야 한다는 생각이 들었다. 다른 생각을 하면 그 생각이 오히려 내 자신을 약하게 만들고 힘들게 만든다. 아예 생각을 하지 말고 그냥 앞만 보고 가는 게 나을 것 같았다. 그렇게 아무도 없이 어두운 길을 나 홀로 2시간 이상을 걸었다. 그렇게 2시간을 걸었더니 덕유산 중간에 쉼터가 나왔다. 그 쉼터에서 앞서가던 분들이 아침 식사를 하고 있었다. 그분들이 나를 보더니 너무 놀라는 것이었다. 처음 온 사람이 혼자 오고 있었던 것이다. 얼마나 혼자 걸었냐길래 두 시간 정도 혼자 걸었다니깐 전부를 깜짝 놀라면서 미안해하는 것이었다. 그분들이 미안해하니깐 오히려 내가 더 미안했다. 처음 와서 잘 따라붙었어야 했는데 민폐가 되는 것 같았다.

그분들과 아침을 먹고 같이 출발했다. 이제는 잘 따라붙어야 했다. 그런데 나보다 연배들이 더 있는데도 불구하고 정말 산을 잘 타셨다. 같이 걸으면서 많은 이런저런 얘기를 하다 보니 금방 친해졌다. 그리고 얼마 가지 않아 뿌연 안개 사이로 태양이 떠오르고 있었다. 구름 사이로 떠오르는 태양과 덕유산 아래에 끼어 있는 뿌연 안개는 정말 일품이었다. 이 맛에 산을 오르는 거였다. 천지가 새로 열리는 듯한 그 순간은 정말 말로 표현하지 못할 만큼 아름다웠다. 아니 아름다웠다는 표현보다는 거룩하다는 표현이 더 어울리는 것 같다.

그 날 그 순간의 일출 광경만으로도 나는 너무 만족했다. 그분들과 많은 얘기를 하며 나머지 산행을 다 같이 했다. 10시간 정도 걷고 무주구천동으로 하산을 했다. 모두 함께 대중목욕탕에 가서 씻고 이른 저녁을 먹고 다시 버스를 타고 서울로 돌아왔다. 그리고 코로나가 터졌다. 이후 모든 산행이 중단되었다.

에베레스트 정상을 두 번 도전하고 실패한 조지 맬로리가 3번째 도전을 앞두고 강연회에서 위험하고 힘든 산을 오르는 이유에 대해 질문을 받았다. 그는 간단히 대답했다.

"Because it's there."

그는 3번째 도전에서도 성공하지 못했다. 그는 등정 중간에 에베레스트 에서 실종되었고 나중에 BBC 다큐멘타리 팀에 의해 시체로 발견되었다. 도전이 다 성공하는 것은 아니다. 성공하지 못하는 경우가 훨씬 더 많다. 그 실패를 받아 들이는 게 인생이다. 하지만 끊없는 도전 중에 이룰 수 있는 것도 있다. 정말 진정으로 갈망한다면 하늘도 그 정성을 받아 준다는 것을 나는 안다. 인생에서 그러한 경험 몇 번이면 충분하다. 그 이상은 욕심일 뿐이다. 나는 이제 다시 산행이 시작되기를 기다리고 있다.

덕유산의 일출

학회와 한라산

학회를 많이 가는 편은 아니지만 일 년에 봄, 가을 두 번 정도는 학회에 가려고 노력한다. 그리고 그중에 한 번은 제주도에서 열리는 학회를 가곤 한다. 왠지 모르게 제주도는 자꾸 가고 싶다. 드넓은 바다와 천혜의 자연을 보는 것은 어쩌면 삶의 활력과 행복을 느끼기에 충분하다.

예전엔 학회에 가면 학회 일정을 따라 많은 것을 들으려 노력했다. 하지만 요즘엔 학회에 가서도 반나절 정도는 나만의 시간을 갖는다. 학회가 열리는 도시의 주변에 있는 볼만한 데를 골라 오후 정도는 일종의 일탈의 시간을 갖는다.

제주도에 자주 가지만 아직까지도 못 가본 데가 많다. 2년 전에 제주도로 학회를 갔는데 오전에 도착해 그날 일정에 있는 발표를 하루 종일들었다. 학회에서 이런저런 강연이나 발표를 듣다 보면 새로운 것도 알수 있고, 돌아와서 공부하고 싶은 마음도 다시 생기곤 한다. 그런데 그날따라 날씨가 너무 좋았다. 갑자기 다음 날 한라산 백록담까지 한번 올라보고 싶은 생각이 들었다. 학회 오기 전에는 아무런 계획도 없었다. 한라산 정상까지 오르려면 반나절이 아닌 하루 전체 일정을 비워야 한다. 그리고 저녁 비행기라 한라산에 갔다 내려오면 바로 공항으로 가야했다.

한라산 정상을 한 번은 올라보고 싶었다. 그때까지 한라산을 한 번도 올라가 본 적이 없었다. 가족들과 갈 수 있는 기회를 기다렸는데 그런 기회는 계속 무산되었다. 조금 생각하다 고민 없이 바로 호텔 앞에 있는 가게에 가서 운동화 하나를 샀다. 새벽에 일찍 일어나 바로 한라산을 오르기로 했다.

나는 타지에 나가면 밤에 잠을 잘 자는 편이 못 된다. 많이 자야 서너 시간 정도밖에 못 잔다. 새벽에 일어나 한라산을 갈 생각을 하니 잠이 하나도 안 왔다. 간신히 눈을 붙였는가 싶었는데 저절로 눈이 떠졌다. 새벽 4시 조금 넘었을 것이다. 바로 일어나 간단히 씻고 호텔을 바로 체크아웃하고 택시를 탔다. 한라산을 어떻게 올라가야 하는지 전혀 몰랐다. 기사 아저씨께 한라산 정상을 가려고 하는데 어디로 가야 하는지 물어봤다. 기사 아저씨가 코스가 여러 개 있다고 하면서 많은 설명을 해 주셨는데 대부분이 전에 들어보지 못한 지명들이었다. 그냥 아저씨께 그중 제일 빨리 올라갈 수 있는 곳으로 데려다 달라고 했다. 아저씨께서는 성판악이라는 곳에서 올라가는 것이 제일 편하다고 하셨다. 성판악이라는 이름을 그때 처음 들었는데 그냥 그곳으로 데려다 달라고 했다. 새벽이라 길에 차들도 없어서 한 30분 정도 달리니 성판악에 도착했다.

난 학회에 갈 때 짐도 별로 가져가지 않는다. 그냥 조그만 백팩에 양말이나 티셔츠 하나 정도만 넣고 간다. 짐도 별로 없으니 한라산 올라가기에도 부담이 없었다. 아직 깜깜한 이른 새벽 시간이었지만 이미 많은 등산객들이 모여 있었다. 안내표지판을 보고 계산해 보니 백록담까지 왕복하는 거리가 약 20km 정도 되었다. 옆에 있는 사람들한테 물어보니 백록담까지 갔다 내려오려면 약 10시간 정도는 걸릴 거라고 얘기해 주었다. 생각보다 많은 시간이 걸리는 것 같았다. 예약한 비행기가 오후 6시 정도라서 부지런히 올라갔다 내려와야 할 것 같았다. 그러자 마음이 급해져서 바로 오르기 시작했다. 랜턴도 준비를 못 해 하나 살까 고민하다가 그냥 오르기 시작했다. 주위가 어둡긴 했지만 내 앞뒤로 등산객들이 밝히는 불빛으로 불편함은 전혀 없었다.

늦가을이어서 날씨가 조금 쌀쌀하긴 했지만 한 시간 정도 오르니 이미 몸에서 땀이 조금씩 나고 있었다. 조금 더 오르니 날이 밝기 시작했고 날씨가 너무 좋아 정상에 가면 멀리까지 다 볼 수 있을 것 같았다. 어느 정도 올라갔더니 생태계가 천천히 바뀌는 것을 알 수 있었다. 해발 1,500m를 넘어가니 고산 식물들이 주를 이루기 시작했다. 이러한 식물들은 다른 산에서는 정말 보기 힘들다. 어찌 보면 한라산만의 독특한 특징이라 할 것이다.

난 가끔씩 물리학이 아닌 생명과학을 공부했으면 어땠을까 하는 생각을 한다. 생명의 다양함이란 실로 상상을 초월한다. 그러한 다양함을 공부하고 경험해 보는 것도 정말 가치가 있을 것 같다. 제주도에만 해도 수백, 수천 종류의 식물이 살고 있을 것이다. 한라산을 오르다 보니 전에 전혀 보지 못했던 식물들이 지천을 이루고 있었다. 내가 아는 식물의 이름은 10개도 안 됐다. 생명체는 그 다양함 속에 보편성이 있다. 그 보편성이 바로 자연의 원리라 할 것이다. 그것은 인간의 영역이 아닌 신의 영역이다.

한참을 오르다 보니 지치기 시작했지만 정상이 가까웠다. 정상 조금 못 미쳐 온 주위가 하얀색으로 뒤덮여 있었다. 정말 아름다웠다. 한라산이니 가능한 장관이었다. 그리고 고개를 들어 멀리 바라보니 수평선까지 한눈에 보였다. 날씨는 정말 좋아 구름 한 점 없었고 안개 하나 끼지도 않았다. 사방이 다 보였다. 옆에 있는 분이 그러시는데 본인은 한라산을 정말 많이 올라와 봤지만 날씨가 가장 좋은 것 같다고 하셨다. 이런 날은 극히 드문 날이라고 얘기를 하는 것이었다.

잠시 쉬었다가 다시 기운을 내서 오르기 시작했다. 얼마 가지 않아 저 앞에 백록담이 가까워지고 있음을 알았다. 계단으로 이어지는 백록담이 코앞에 있었다. 그리고 드디어 백록담에 도착했다. 이곳이 남한에서 가장 높은 해발 1,950m 지점이다. 대학 때부터 지난 30여 년 동안 정말 오르고 싶었던 곳이었는데 이제야 오르게 된 것이었다. 백록담이라는 글자가 새겨진 돌 앞에서 사진도 찍고 주위를 둘러보았다. 주위가 안개 하나 없이 훤하게 다 보였다. 사방으로 바다 멀리 수평선까지 전부 다 보였다. 그 대자연의 아름다움은 어디에 비교할 바가 아니었다. 그렇게 한참을 주위를 바라보고 사진을 찍었다. 백록담에서 내려오기가 싫었다. 하지만 일정이 있는 걸 어찌하겠는가? 비행기 시간을 맞추어야 하고 다시 일상으로 돌아와야 했다. 그렇게 올랐던 길을 다시 내려오니 몸은 땀으로 범벅이 되어 있었다. 도저히 그냥 비행기를 탈 수 없어서 근처에 있는 대중목욕탕에 가서 간단히 씻고, 제주 공항으로 갔다. 간신히 비행기 시간을 맞출 수 있었다. 그리고 김포로 가는 비행기가 이륙했다. 내가 이제까지 참석했던 수많은 학회 중에 가장 기억에 남는 학회였다.

제주의 노을

김광석 거리와 청라 언덕

아침에 일어나니 비가 오고 있었다. 봄비였다. 비가 오니 왠지 상쾌하고 좋았다. 제법 빗줄기가 강했지만, 전혀 신경 쓰지 않고 석이와 약속한 대로 대구로 갈 준비를 했다. 준비라야 간단히 씻고 아침만 먹으면 된다. 8시 35분에 집을 나서며 석이한테 전화를 했다. 8시 50분에 석이 사무실에 도착하니 석이가

"왜 이렇게 빨리 왔지? 날라 온 겨?"

"나야 뭐 날아다니지."

반갑게 인사를 하고 오송역으로 향했다. 9시 20분쯤 오송역에 도착하여 주차하고 시간이 남아 석이와 모닝커피를 한 잔을 마시며 이런저런 얘기를 하며 기차를 기다렸다. 10시 정각에 SRT 동대구행을 탔다.

차로 가면 3시간 정도 되는 거리지만 SRT는 한 시간이면 충분했다. 11시에 동대구 역에 도착하여 택시를 타고 김광석 거리로 향했다. 20분 정도 되는 거리였지만 기사 아저씨와 재미난 이야기를 하며 갔다. 난 예전엔 그러지 않았는데 요즘엔 처음에 만나는 모르는 사람들과도 많은 얘기를 하고 그런다. 그냥 얘기하고 싶고 그렇다. 난 대구를 잘 몰라 기사 아저씨께 그냥 대구에 대해 물어 봤고 김광석 거리에 대해서도 이야기를 나누었다. 석이도 해박한 가요 지식을 이야기하며 재미있게 얘기하다 보니 금방 김광석 거리에 도착했다.

대구엔 다른 볼 것도 많이 있겠지만 사실 오늘의 여행은 김광석 거리가 목표였다. 사실 난 우리나라 가수 중에 김광석이 제일 좋다. 대학교 때 직접 그의 노래를 눈앞에서 듣고 나서는 다른 어떤 가수보다 그를 좋

아했다. 외국 가수 까지 포함한다면 사이먼과 가펑클 정도나 되면 모를까 외국의 그 어떤 가수보다 김광석을 좋아했다. 왜 이렇게 일찍 죽었는지 아쉬울 뿐이다. 그래서 김광석 거리를 한 번쯤은 가보고 싶었다.

하지만 누구와 가느냐가 문제였다. 김광석을 좋아하지도 않고 잘 알지도 못하는 사람과는 갈 수 없으니깐. 결론은 뻔했다. 당연히 석이와 가면 된다. 지난번 석이와 노래방에 갔을 때 두 시간 동안 다른 가수의 노래는 부르지 않고 김광석 노래만 주구장창 불렀다. 김광석 노래의 거의 전부를 불렀던 것 같다. 그날 얼마나 기분이 좋고 즐거웠는지 모른다.

김광석 거리에 도착하니 아직 부슬비가 내리고 있었다. 우산을 쓰는 둥 마는 둥 하며 거리 초입부터 사진을 찍어가며 벽화를 보고 쓰여 있는 설명을 자세히 하나씩 살펴 가며 천천히 구경을 했다. 거리에는 스피커로 김광석의 노래가 계속 울려 나오고 있었다.

좋아하는 것이 있다는 것은 행복한 것이다. 좋아하는 음악이 있으니 그 음악을 들을 때마다 행복하다. 좋아하는 가수가 있으니 그 가수의 노래를 들으면 행복하다. 좋아하는 작가가 있으면 그의 책을 읽으면 행복하다. 내가 좋아하는 작가는 헤르만 헤세부터 시작하여, 솔제니친, 헤밍웨이, 니코스 카잔차키스, 도스토옙스키, 루이제 린저 등등 수도 없이 많다. 그만큼 난 어쩌면 행복한 독자인지도 모른다. 그런 좋아하는 책을 읽으면 다른 일은 생각나지 않는다.

난 김광석의 노래만 들어도 세상일을 다 잊고 그 음악 듣는 순간만큼은 행복하다. 김광석 거리에서 김광석 노래를 들으니 이건 행복이 두 배가 된 듯한 느낌이었다. 게다가 김광석을 좋아하는 친구와 함께 이 거리를 왔으니 어찌 아니 행복할 수 있겠는가?

석이와 같이 사진도 찍으면서 김광석 거리의 처음부터 끝까지 하나도 빠뜨리지 않고 천천히 다 살펴보았다. 여기저기 놓여 있는 기념 상징물과도 사진을 찍으며 어찌 보면 아름다운 추억을 하나씩 쌓아나갔다. 한 시간 정도 그곳에서 지내고 다른 곳으로 막상 가려니 너무 아쉬워 이왕이면 점심도 거기서 먹고 가자는 석이의 제안에 흔쾌히 동의를 하고 식당으로 들어가 한 시간 반 정도 점심을 먹었다. 그 정도 김광석 거리에서 시간을 보내니 그나마 아쉬움은 좀 사라졌다.

　김광석 거리에서 나와 청라 언덕으로 향했다. 예전에 학교 다닐 때 배웠던 "동무 생각"이라는 노래에 나오는 그 언덕이었다. 중구에 위치해 있는 것으로 보아 대구의 중심인 듯했다. 청라 언덕에 도착해 보니 그곳에 가톨릭 성당과 개신교 교회가 나란히 있었다. 가만히 살펴보니 대구 경북 지역에서 가장 먼저 기독교가 전파된 곳이었고 이곳에서 1919년 삼일운동이 비밀리에 기획되고 대구 경북 지역에서 가장 먼저 삼일 독립운동이 시작된 곳이었다. 그리 높은 언덕은 아니었으나 언덕으로 올라가는 계단이 너무 낭만적이었다.

　"낭만!", 그 단어만 들어도 가슴이 떨리던 시절이 있었다. 감성이 풍부하고 감정이 넘쳤던 시절이 있었다. 나는 아직도 나의 그 시절이 계속되고 있는지도 모른다. 왜냐하면, 아직도 그 낭만이라는 단어가 좋기 때문이다. 최백호의 "낭만에 대하여"라는 노래는 아직까지도 가슴에 와 닿는다. 영원히 낭만을 잃지 않는 삶을 살고 싶은 마음 간절하다.

　계단을 따라 청라 언덕 위에 올라가 보니 초창기 기독교가 대구지역에 전해질 무렵 외국 선교사들이 머물렀던 아름다운 벽돌집이 아직도 건재하고 있었다. 아마도 100년은 족히 넘었을 텐데 언덕 위의 그 벽돌집은 내 눈에 너무나 아름다워 보였다. 청라 언덕 계단에 전시되어 있는 사진들을 보니 조선 시대의 청라 언덕에는 기와집과 초가집밖에 없었다. 서양식의 그 벽돌집이 지어졌을 때 우리 조선의 선조들이 느꼈을 감정은 어땠을까 생각해 보니 마치 조선 시대로 간 듯한 생각이 들었다. 석이도 청라 언덕을 꽤나 마음에 들어 하는 표정이었다. 그의 감성은 정말 풍부하다. 그 나이에 그런 감성을 유지하고 있는 것은 그리 쉽지 않다는 것을 나는 잘 안다.

청라 언덕을 뒤로하고 대구에서 제일 크다는 서문 시장을 갔다. 서문 시장은 청라 언덕 바로 아래에 위치해 있었다. 그런데 시장이 내가 생각한 것보다 상상 이상으로 컸다. 남대문 시장 정도의 규모가 아닐까 싶었다. 시장의 이곳저곳을 다 둘러보려 하였으나 일단 요기라도 할 요량으로 빈대떡이나 파전을 먹으려 가게를 찾아 시장의 이곳저곳을 누비다 보니 먹자골목인 듯한 곳으로 유연히 발길이 닿았고 거기서 파전을 파는 가게에 들어가 파전을 주문했다. 그런데 그 식당 주인아주머니가 얼마나 재밌게 얘기를 해 주시는 파전도 먹고 얘기도 하느라 시간 가는 줄을 몰랐다.

석이도 기분이 좋았는지 갑자기 "희망가"를 부르기 시작하는 것이었다. 내가 이제까지 들어 본 희망가 중의 단연 최고의 노래가 아닐까 싶을 정도의 노래였다. 정말 내 친구지만 노래 하나는 타고 났다. 왜 가수를 안 하는지 알 수가 없다. 본인은 아니라고 하지만 내 생각엔 그건 본인의 생각일 뿐이다. 다른 누가 부르는 것보다 내 귀에는 최고의 노래인 것은 부정할 수 없는 사실이다. 그렇게 파전도 먹고 재미난 얘기도 하다 보니 기차 시간이 다가왔다.

아쉬움을 뒤로 하고 서문 시장을 나서서 동대구역으로 향했다. 다시 KTX를 타고 오송역으로 돌아오는 길에도 계속해서 봄비는 내리고 있었다. 온종일 내리는 봄비였다. 올해는 모든 것이 다 잘 되라는 봄비라서 하루 종일 내리는 것은 아닐까 하는 생각이 들었다. 오송역에서 석이 아파트 근처로 가 같이 석이와 석이 식구와 함께 재미난 얘기를 하며 저녁을 먹었다. 그렇게 재미있고 행복했던 하루가 지나갔다.

비록 짧은 시간이었지만 오늘 하루는 충실한 시간으로 채워진 듯한 느낌이었다. 재미있고 유쾌하고 즐거웠던 오늘이라는 시간. 주어진 시간들이 아름다운 시간들, 의미 있는 순간들로 채워지면 좋겠다. 앞으로는 그렇게 될 것이라는 생각이 든다.

김광석 거리

운보의 집

오랜만에 부모님을 모시고 현규와 함께 우리 집에서 얼마 떨어지지 않은 운보의 집을 다녀왔다. 운보 김기창 화백이 돌아가신 지 20년이 지났지만, 현규가 청주에 왔길래 바람도 쐴 겸 운보의 집을 찾았다. 김기창 화백이 살아 있을 때도 부모님과 함께 가서 직접 얼굴도 뵙고 했던 기억이 났다.

김기창 화백은 아주 어릴 때 장티푸스를 앓아 들리지도 않고 말하지도 못하는 장애가 있었다. 어릴 때 그의 세계는 얼마나 암울했을까? 하지만 그는 그 어둠의 세계를 극복해 낸다.

운보의 집에는 그가 쓴 어릴 적 시절의 이야기가 걸려 있었다.

"그것은 마음 괴로운 순간이었다. 어두운 동굴 속에는 한 줄기 빛이 어디에선가 비껴 들어오고 있었다. (중략) 나는 이 세상에서 태어나면서부터 신에게 선택받은 몸이었다. 그렇지 않고서야 일곱 살이란 어린 내가 열병을 앓아 귀를 앓아 먹겠는가. 그래서 나는 세상에서 버려진 인간이란 것을 절감했다. 그러나 나는 소외된 나를 찾기 위해 한 가지 길을 택했다. 그것은 예술가가 되는 것이며, 나는 화가가 되었다."

운보는 그 후 어머니의 소개로 김은호 화백으로부터 그림을 배우기 시작했다. 그리고 1931년 운보는 조선미술전람회에서 "판상도무(板上跳舞)"라는 작품으로 입선을 한다. 조선 미술 전람회는 당시 조선에서 가장 어려운 최고의 미술 대회였다. 당시 언론에서는 귀도 먹고 말도 못하는 17살 소년이 입선했다고 대서특필했다. 이어 운보는 같은 대회에서 1940년까지 6회 입선, 3회 특선을 한다. 그 이후 그는 수많은 작품을 발표하기에 이르렀고, 우리나라의 가장 대표적 화가로 발돋움한다. 현재 우리가 사용하는 만 원권 지폐의 세종대왕 초상화도 운보가 그린 것이다.

운보의 집

운보는 결혼 후 그의 아내로부터 구화법을 배우기 시작하여 약간의 말을 할 수 있게 된다. 그의 아내가 1976년 먼저 세상을 떠나자 그는 삶의 허탈함을 견디지 못하고 청주에 있는 운보의 집에서 오직 그림만 그렸다.

이 무렵 운보는 삼중스님으로부터 연락을 받는다. 삼중스님은 30년 동안 전국의 사형수를 위해 자신의 모든 것을 바쳐 희생해온 분이었다. 그가 청송교도소를 방문했을 때 교도소장은 재소자들의 정서를 순화시킬 수 있는 방법으로 그림을 기증받고 싶다는 뜻을 삼중스님에게 전달한다. 특히 교도소장은 바보 산수로 유명한 운보의 그림이 재소자들을 위해 좋을 것 같다고 말한다. 이에 삼중스님은 운보의 아들에게 전화를 해 운보의 그림을 기증해 줄 것을 부탁한다.

그리고 며칠 후 삼중스님에게 연락이 왔는데 운보가 직접 그림을 가지고 청송교도소로 가겠다고 했다. 그리고 많은 화가의 그림을 기부받는 자리에 모든 청송교도소의 재소자들이 모여 행사를 하였다. 이에 운보는 삼중스님에게 자신도 한마디 하고 싶다는 의사를 전했다. 순서에 없었던 일이었지만 삼중스님은 운보의 손을 잡고 단상에 올라가 운보를 마이크 앞에 세워준다. 이에 운보가 재소자들에게 잘 알아들을 수 없는 말을 하기 시작한다. 그 첫 번째 말은 "벼씨 새끼트라(병신 새끼들아)"였다. 갑자기 예정에도 없던 말을 하고 싶다고 하여 단상에 올랐는데 첫마디가 욕이었다. 당시 청송교도소는 전두환 대통령의 지시로 새로 설립된 곳으로 전국에서 가장 잔인하고 흉악한 범죄자들만 모여 있는 곳이었다.

　하지만 운보는 그러한 것에 전혀 연연해하지 않고 재소자들에게 연설이 아닌 큰소리로 호통을 쳤다. 운보가 그날 재소자들에게 한 말의 핵심은 "자신은 듣지도 못하고 말도 잘하지 못하는 진짜 병신 머저리인데 겉으로 보기에 멀쩡한 너희들은 왜 지옥 같은 이곳에서 인생을 썩히고 있느냐, 자신 같은 병신도 노력해서 화가로 성공했는데 들을 수도 있고 말할 수도 있는 너희들은 뭐냐?"라는 내용의 말이었다.

가을이 다가오는 운보의 집에서

놀라운 것은 전국에서 가장 흉악한 범죄자들이 모인 그곳에서 운보의 말을 듣고 있는 재소자들이 모두 고개를 떨구었다는 것이다. 만약 다른 사람이 그런 말을 했다면 재소자들은 아마 폭동을 일으켰을지도 모른다.

그리고 운보는 재소자들이 생활하는 감방에 직접 찾아가 거기 있는 재소자의 볼을 비비며 마구 우는 것이었다. 이런 곳에서 살지 말고 얼른 밖으로 나와 떳떳하게 살라며 서로 끌어안고 통곡을 했다고 한다. 이 모습을 지켜보던 삼중스님마저 목놓아 울었다고 한다.

진정한 병신과 머저리는 누구일까? 사지가 멀쩡한 우리는 아무런 문제가 없는 것일까? 우리는 우리의 어느 부분에 문제가 있는지도 모른 채 살아가고 있는 것은 아닐까? 나 자신의 문제를 알지 못하면서 다른 사람의 문제만 바라보고 사는 것은 아닐까? 우리는 내 자신이 가지고 있는 문제를 깨닫거나 고치지 못한 채 언제까지 그렇게 살아가야만 하는 것일까? 운보의 병신과 머저리라는 호통이 오늘 나에게도 너무나 선명히 들리는 것 같다.

운보 미술관

행복은 여기에

정 태 성 수필집 (3)   값 12,000원

초판발행   2021년 9월 15일
지 은 이   정태성
펴 낸 이   도서출판 코스모스
펴 낸 곳   도서출판 코스모스
주   소   충북 청주시 서원구 신율로 13
대표전화   043-234-7027
팩   스   050-7535-7027

ISBN 979-11-91926-04-0